水浒人物论赞

张恨水 —— 著

中国青年出版社
全国百佳出版单位

图书在版编目（CIP）数据

水浒人物论赞 / 张恨水著 . -- 北京：中国青年出版社 , 2025. 5. -- ISBN 978-7-5153-7688-2

Ⅰ . I207.412

中国国家版本馆 CIP 数据核字第 2025PM2807 号

水浒人物论赞

张恨水　著

责任编辑：侯群雄　岳　虹
出版发行：中国青年出版社
社　　址：北京市东城区东四十二条 21 号
网　　址：www.cyp.com.cn
编辑中心：010-57350401
营销中心：010-57350370
经　　销：新华书店
印　　刷：三河市君旺印务有限公司
规　　格：650mm×910mm　1/16
印　　张：12.75
字　　数：132 千字
版　　次：2025 年 5 月北京第 1 版
印　　次：2025 年 5 月河北第 1 次印刷
定　　价：65.00 元

如有印装质量问题，请凭购书发票与质检部联系调换
联系电话：010-57350337

目　录

001 — **水浒人物论赞**

003 — 序
004 — 凡例
007 — 天罡篇
051 — 地煞篇
073 — 外篇
107 — 拾遗

121 — **小说艺术论**

123 — 谈长篇小说

124 — 有感于小说家之疑案

125 — [附]小说家疑案（新）

125 — 长篇与短篇

127 — 短篇之起法

129 — 小说与事实

129 — 《玉梨魂》价值堕落之原因

131 — 《金瓶梅》

132 — 小小说的作法

132 — 小说也当信实

133 — 武侠小说在下层社会

137 — 《儿女英雄传》的背景

141 — 小说的关节炎

142 — 章回小说的变迁

147 — 从自己的著作谈起

150 — 关于读小说

153 — 作小说须知

154 — 章与回

155 — 剪裁

156 — 红学之点滴

158 — 小说中之兀字

161 — **我的创作与生活**

水浒人物论赞

序

民国十六七年间，予编北平世界日晚报副刊。晚刊日须为一短评，环境时有变更，颇觉题穷，予乃避重就轻，尚论古人，曰撰《水浒人物论赞》一则。以言原意，实在补白，无可取也。后读者觉其饶有趣味，迭函商榷，予乃赓续为之。旋因予辞职，稿始中止，然亦约可得三十篇矣。民国二十五年，予在南京办《南京人报》，自编副刊一种，因转载是稿，并又益以新作十余篇。社中同人，读之而喜，谓是项小品专在议论，不仅为茶余酒后之消遣，可作青年国文自修读本看，嘱予完成出单行本，予漫应之，以为时日稍长，当汇集杂稿成书也。其后中日战局日紧，无暇为此项小文，事又中搁。去冬，《万象》周刊社，在渝觅得《南京人报》合订本十余册，整理同文著作，得论赞四十余篇。编者刘自勤弟剪贴成集，欣然相示，商予更增新稿，务成一单行本，以了夙愿。予因去岁作《水浒新传》，读《水浒》又数过，涉笔之余，颇多新意，遂允其议，再增写半数共得九十篇。因人物分类，列为天罡、地煞、外编三部。虽取材小说，卑之毋甚高论。但就技巧言，贡献于学作文言青年或不无小补云尔。

三十三年三月三日张恨水序于南温泉北望斋茅屋

凡例

—— 本书各文之属笔，前后相距凡十余年，笔者对《水浒》观感，自不无出入处。但态度始终客观，并持正义感，则相信始终如一。

—— 各篇在北平书写者，篇末注一"平"字，在南京书写者，注一"宁"字。最后在重庆续写者，注一"渝"字，以志笔者每个年代之感想。

—— 三十六天罡，每人皆有论赞，七十二地煞，则不全有，以原传无故事供给，难生新意，不必强作雷同之论也。其间有数篇是合传，意亦同。外篇人物，仅择能发人感喟者为文，故不求其多。

—— 宋、晁二人，在昔原有论文，因系主脑人物，特以新意再写一篇，而仍附旧作于后，其余从略。

—— 是书愿贡献青年学文言者，作一种参考，故结构故取多种。如朱仝、雷横篇，用反问体，朱贵篇通用也字结句是。其余各篇，青年自可揣摩领悟。然决非敢向通人卖弄，一笑置之可也。

—— 青年初学文言，对于语助词，最感用之难当。是书颇于此点,加意引用,愿为说明。

——是书愿贡献青年作学文言之参考,亦是友朋中为人父兄所要求。笔者初不敢具有此意,自视仍是茶余酒后之消遣品耳。

——笔者为新闻记者二十余年,于报上作短评,颇经年月。青年学新闻者,酌取其中若干,为作小评之研究,亦可。

浔阳楼宋江吟反诗

天罡篇

宋江（第一）

北宋之末，王纲不振，群盗如毛。盗如可传也，则当时之可传者多矣。顾此纷纷如毛者皆与草木同朽，独宋江之徒，载之史籍，挡之稗官，渲染之于盲词戏曲，是其行为，必有异于众盗者可知。而宋江为群盗之首也，则其有异于群者又可知。故以此而论宋江，宋氏之为及时雨，不难解也。

英雄之以成败论，久矣。即以盗论，先乎宋江者，败则黄巢之流寇，成则朱温之梁太祖高皇帝也。更以揭竿弄兵论，后乎宋江者，成则朱元璋明太祖高皇帝，败又造反盗匪张士诚矣。宋氏之浔阳楼题壁诗曰："敢笑黄巢不丈夫。"窥其意，何尝不慕汉高祖起自泗上亭长？其人诚不得谓为安分之徒，然古之创业帝王，安分而来者，又有几人？六朝五代之君，其不如宋江者多矣，何独责乎一宋江乎？

世之读《水浒》而论宋江者，辄谓其口仁义而行盗跖，此诚不无事实。自金圣叹改宋本出，故于宋传加以微词，而其证益著，顾于一事有以辨之，则宋实受张叔夜之击而降之矣。夫张氏,汉族之忠臣也,亦当时之英雄也。宋以反对贪污始,而以归顺忠烈终。以收罗草莽始,而以被英雄收罗终。分明朱温黄巢所不能者,而宋能之,其人未可全非也。

间尝思之,当宋率三十六人横行河朔也,视官兵如粪土,以为天下英雄莫如梁山矣,赵氏之锈鼎可问也,则俨然视陈胜项羽不足为己。及其袭海州,一战而败于张叔夜,且副酋被擒。于是乃知以往所知之不广,大英雄,大豪杰,实别有在,则反视觍躬,幡然悔改。此南华秋水之寓意,而未期宋氏明之,虽其行犹不出乎权谋,权而施于每,其人未可全非也。

虽然,使不遇张相公,七年而北宋之难作,则宋统十万喽啰雄踞水泊,或为刘邦、朱元璋,或为刘豫、石敬瑭,或为张献忠、李闯,均未可知也。宋江一生笼纳英雄自负,而张更能笼纳之,诚哉,非常之人,有非常之功也,惜读《宋史》与《水浒》者,皆未能思及此耳。梁山人物,蔡京、高俅促成之,而张叔夜成全之,此不得时之英雄,终有赖于得时之英雄欤?世多谈龙者,而鲜谈降龙之罗汉,多谈狮者,亦鲜谈豢狮之狮奴,吾于张叔夜识宋江矣。又于宋江,更识张叔夜矣。

(渝)

附一篇

人不得已而为贼,贼可恕也。人不得已而为盗,盗亦可恕也。今其人无不得已之势,而已居心为贼为盗。既已为贼为盗矣,而又曰:"我非贼非盗,暂存水泊,以待朝廷之招安耳。"此非淆惑是非,倒因为果之至者乎?孔子曰:"乡原德之贼也。"吾亦曰:"若而人者,盗贼之盗贼也。其人为谁,宋江是已。"

宋江一郓城小吏耳。观其人无文章经世之才,亦无拔木扛鼎之勇,而仅仅以小仁小惠,施于杀人越货、江湖亡命之徒,以博得仗义疏财及时雨之名而已。何足道哉!夫彼所谓仗义者何?能背宋室王法,以纵东溪村劫财之徒耳。夫彼所谓疏财者何,能以大锭银子买黑旋风一类之人耳。质言之,即结交风尘中不安分之人也。人而至于不务立功立德立言,处心积虑,以谋天下之盗匪闻其名,此其人尚可问耶?

宋江在浔阳楼题壁有曰:"他年若得报冤仇,血染浔阳江口。"又曰:"他时若遂凌云志,敢笑黄巢不丈夫。"咄咄!江之仇谁也?血染浔阳江口,何事也?不丈夫之黄巢,何人也?宋一口道破,此实欲夺赵家天下,而以造反不成为耻矣。奈之何直至水泊以后,犹日日言等候朝廷招安耶?反赵犹可置之成王败寇之列,而实欲反赵,犹口言忠义,以待招安欺众兄弟为己用,其罪不可胜诛矣。虽然,宋之意,始赂盗,继为盗,亦欲由盗取径而富贵耳。富贵可求,古今中外,人固无所不乐为也。

晁盖(第二)

评《红楼梦》者曰:"一百二十回小说,一言以蔽之,讥失政也。"张氏曰:"吾于《水浒传》之看法,亦然。"

王安石为宋室变法,保甲,其一也。何以有保甲?不外通民情,传号令,保治安而已。凡此诸端,实以里正保正,为官与民之枢纽。而保正里正之必以良民任之,所不待论。今晁盖,郓城

晁天王曾头市中箭

县东溪村保正也。郓城县尹,其必责望晁氏通民情,传号令,保治安,亦不待论。然而晁氏所为,果何事乎?《水浒》于其本传,开宗明义,则曰:"专爱结识天下好汉,但有人来投奔他的,不论好歹,便留在庄上住。"嗟夫!保正而结识天下好汉,已可疑矣,而又曰:"不论好歹,便留在庄上住。"是其生平为人,固极不安分者也。极不安分而使之为一乡保正,则东溪村七星聚义,非刘唐、公孙胜、吴用等从之,而县尹促之也,亦非县尹促之,而宋室之敝政促之也。使晁盖不为保正,则一土财主而已。既为保正,则下可以管理平民,上可以奔走官府。家有歹人,平民不得言之,官府不得知之,极其至也,寖假[1]远方匪人如刘唐者,来以一套富贵相送矣,寖假附近奸猾如吴用者,为其策画劫生辰纲矣。寖假缉捕都头如朱仝、雷横者,受其贿赂而卖放矣。质言之,保治安的里正之家,即破坏治安窝藏盗匪之家也。

　　读晁盖传,其人亦甚忠厚,素为富户,亦不患饥寒,何以处心积虑,必欲为盗?殆家中常有歹人,所以有引诱之欤?而家中常有歹人,则又为身为保正,有以保障之也。呜呼!保甲而为盗匪之媒,岂拗相公变法之原意哉!一保正如此,遍赵宋天下,其他保正可知也。读者疑吾言乎? 则史进亦华阴史家庄里正也。《水浒》写开始一个盗既为里正,开始写一盗魁,又为保正。宋元之人,其于保甲之缴,殆有深憾欤? 虽然,保甲制度本身,实无罪也。

(渝)

---

[1] 寖假,即"浸假",逐渐的意思。

附一篇

梁山百八头目之集合,实晁盖东溪村举事为之首。而终晁盖身居水泊之日,亦为一穴之魁。然而石碣之降也,遍列寨中人于三十六天罡,七十二地煞之名,晁独不与焉。岂洪太尉大闹伏魔殿,放走石碣下妖魔,亦无晁之前身参与乎?然而十三回东溪村七星聚首,晁胡为乎而居首也?十八回梁山林冲大火并,胡为乎义士尊晁盖也。五十七回众虎同心归水泊,又胡为乎晁仍发号施令也。张先生怃然有间,昂首长为太息曰:嗟夫!此晁盗之所以死也!此晁盖之所以不得善其死也。彼宋江者心藏大志,欲与赵官家争一日短长者久矣。然而不入水泊则无以与赵官家抗,不为水泊之魁,则仍不足以与赵官家抗。宋之必为水泊魁,必去晁以自代,必然之势也。晁以首义之功,终居之而不疑,于是乎宋乃使其赴曾头市,而尝曾家之毒箭。圣叹谓晁之死,宋实弑之,春秋之义也。或曰:此事于何证之?曰于天降石碣证之,石碣以宋居首,而无晁之名,其义乃显矣。盖天无降石碣之理,亦更无为盗降石碣之理,实宋氏所伪托也。

吾不知晁在九泉,悟此事否,就其生前论之,以宋氏东溪一信之私放,终身佩其恩德,以至于死,则亦可以与言友道者矣。古人曰:盗亦有道,吾于晁盖之为人也信之。

(平)

卢俊义（第三）

"芦花滩上有扁舟，俊杰黄昏独自游。义到尽头原是命，反躬逃难必无忧。"此吴用口中所念，令卢俊义亲自题壁者也。其诗既劣，义亦无取，而于卢俊义反四字之隐含，初非不见辨别。顾卢既书之，且复信之，真英雄盛德之累矣！夫大丈夫处世，富贵不能淫，贫贱不能移，威武不能屈。何去何从，何取何舍，自有英雄本色在。奈何以江湖卖卜者流之一语，竟轻置万贯家财，而远避血肉之灾耶？卢虽于过梁山之日慷慨悬旗，欲收此山奇货，但于受吴用之赚以后行之，固不见其有所为而来矣。

金圣叹于读《水浒》法中有云："卢俊义传，也算极力将英雄员外写出来了，然终不免带些呆气。譬如画骆驼，虽是庞然大物，却到底看来觉得不俊。"此一呆字与不俊二字，实足赞卢俊义而尽之。吾虽更欲有所言，乃有崔颢上头之感矣。惟其不俊也，故卢员外既帷薄不修，捉强盗又太阿倒持，天下固有其才不足以展其志之英雄，遂无往而不为误事之蒋干。与其谓卢为玉麒麟，毋宁谓卢为土骆驼也。

虽然，千里风沙，任重致远，驼亦有足多者。以视宋江、吴用辈，则亦机变不足，忠厚有余矣。

(平)

吴用智取生辰纲

吴用(第四)

有老饕者,欲遍尝异味,及庖人进鳝,乃踌躇而不能下箸。庖人询之,则以恶其形状对。盖以其自首至尾,无不似蛇也。庖人固劝之,某乃微啜其汤,啜之而甘,遂更尝其肉。食竟,于是拍案而起曰:"吾于是知物之不可徒以其形近恶丑而绝之也。"

张先生曰:"引此一事,可以论于智多星吴用矣。"吴虽为盗,实具过人之才。吾人试读《水浒传》智劫生辰纲以至石碣村大战何观察一役,始终不过运用七八人以至数十人,而恍若有千军万马,奔腾纸上也者。是其敏可及也,其神不可及也。其神可及也,其定不可及也。使勿为盗而为官,则视江左谢安,适觉其贪天之功耳。

更有进者,《水浒》之人才虽多,而亦至杂也。而吴之于用人也,将士则将士用之,莽夫则莽夫用之,鸡鸣狗盗,则鸡鸣狗盗用之。于是一寨之中,事无弃人,人无弃才。史所谓横掠十郡,官军莫敢撄其锋者,殆不能不以吴之力为多也。夫天下事,莫难于以少数人而大用之,又莫难于多数人而细用之。观于吴之置身水泊,则多少细大无往而不适宜,真聪明人也已。虽然,惟其仅为聪明人也,故晁盖也直,处之以直,宋江也诈,则处之以诈,其品遂终类于鳝,而不类于淞鲈河鲤矣。

(平)

公孙胜（第五）

公孙胜只能画符作法耳，未见其有何真实本领也。吾人既不愿谈荒唐经，则欲于此为文以赞之，转觉词穷矣。虽然，《水浒》一书，除言忠义而外，教人以孝者也。书中写得最明显者，有王进之孝，有李逵之孝，有宋江之孝，于是而更有公孙胜之孝。王进之孝纯孝也，李逵之孝愚孝也，宋江之孝伪孝也，惟公孙胜之孝，则吾莫得而名之，然则于孝之一点，可以论公孙胜矣。

吾闻古哲之言曰："孝子不登高，不临深。"亦曰："事君不忠，非孝也。临阵无勇，非孝也。"又曰："身体发肤，受之父母，不敢毁伤，孝之始也。"吾侪不言孝，则亦已矣，既已言孝，则不得不一考为孝之道。彼公孙胜者，以父母所遗清白之身，无端而见财起意，无端而杀人越货，无端而拒抗官兵，入寇国土。此果孝子所应为乎？然此犹曰："昔日之未悟也。"当宋江迎接宋外公之日，胜忽然省悟小人有母，乃浩然有归志，是矣。顾李逵、戴宗一至二仙山，胜奈何又弃母而复出？昔日在金沙滩别众头领有母也，今日赴高唐州则无母乎？昔日归九宫县二仙山有母也，今日回梁山泊更觐宋太公，则无母乎？胜不得为王进之纯孝，不得为李逵之愚孝，奈何亦不得为宋江之伪孝耶？于其母也如此，自谓能孝其母者如此，其他可知矣，吾于是知胜之于画符作法外，固绝无一事之长也。

（平）

关胜（第六）

古今中外，无地无才，无时无才。有才而不能用，用之而不能尽，斯觉才难耳。吾读《水浒》关胜传，乃不禁咨嗟太息，泫然涕下也。关之智勇兼长，雍容儒雅，绝似以乃祖寿亭侯。乃朝廷不为见用，屈之于下位。一旦有事，始匆匆见召，草草起用，既不聘之以礼，又不激之以义，用之之谓何也？此特所以处招之便来，挥之便去，一班蝇营狗苟之徒耳，岂足以驱策英雄豪杰哉！故关之来，其心中不必向赵官家求荣，更不必为蔡太师解忧，只是答良友推荐，为自己本领作一番表白，及遇宋江投以所好，欺以其方，遂不能不动心矣。

昔豫让有言，中行氏众人蓄我，故我以众人报之，智伯国士遇我，故我国士报之，于是知英雄豪杰之乐为人用，虽不免赖于功名富贵，子女玉帛，而功名富贵，子女玉帛，实不足以尽之。能尽之者何？舒其才，安其心，顺其性而已。关胜谓宋江曰："君知我则报君，友知我则报友，到此意也。"宋江究不能为刘备耳，使其果有此日，胜何难效乃祖威镇荆襄，而俯瞰汴洛耶？后之人欲笼纳英雄，一味势迫利诱，其效几何？终亦不免为宋江所笑矣。

（平）

林冲雪夜上梁山

林冲（第七）

天下有必立之功，无必报之仇，有必成之事，无必雪之耻。何者？以其在己则易，在人则难也。林冲为高氏父子所陷害，至家破人亡，身无长物，茫茫四海，无所投寄，其仇不为不深，其耻不为不大。而金圣叹所以予林冲者，谓其看得到，熬得住，把得牢，做得彻，而卒莫如高氏父子何，此可见报仇雪耻之非易言也。

虽然，林冲固未能看得到云云也。果能看得到云云，则当冲撞高衙内之后，即当携其爱妻，远觅栖身立命之地，以林之浑身武艺，立志坚忍，何往而不可托足。奈何日与虎狼为伍，而又攖其怒耶？同一八十万禁军教头，同一得罪高太尉，而王进之去也如彼，林冲之去也如此，此所以分龙蛇之别欤？吾因之而有感焉：古今之天下英雄豪杰之士，不患无用武之地，只患略有进展之阶，而又不忍弃之。无用武之地，则亦无有乎尔，既已略有之，不得不委屈以求伸，而其结果如何，未能言矣。若林冲者，其弊正在此也。世之报颜事仇，认贼作父者，读林冲传，未知亦有所悟否也？

（宁）

秦明（第八）

百八人之入《水浒》，冤莫冤于秦明，惨亦莫惨于秦明矣。

秦虽性情暴躁，然甚知大义，所谓"朝廷教我做到兵马总管，兼授统制之官职，又不曾亏了秦明，如何肯做强人？"此不必谈若何天经地义，亦复恩怨分明之言。况其室家俱在，安然食禄供职，亦无入伙为盗之必要。而宋江欲为"水浒"罗致天下英雄，不惜施反间计，使秦明之家，同归于尽，而以绝其归路。诵鸱鸮之诗，既毁其巢，又取其子，慕容知府之过，正宋江之罪也。

当吴用等诱朱仝入伙之日，亦曾杀小衙内以要之。朱仝、李逵手腕之毒，至再至三，必欲与李逵一决而后已。而秦明受宋江、花荣之下此绝著，竟敢怒而不敢言，吾未能信其为霹雳火矣。以意度之，秦之于宋江，或亦如关胜之于宋江，"此心动矣"乎？

夫清风寨之役，宋江尚未入"水浒"也。未入"水浒"而便如此搜罗人才，则谓其无意于为盗？孰能信之哉？更谓其无意于为"水浒"之魁，又孰能信其哉？秦既被擒于清风山，一闻宋江之名，即不胜其倾倒，而曰闻名久矣，不想今日得会义士。而此轻轻一语，遂使宋江得意气相投之征。而秦之全家老小，卒无端葬送矣。甚矣哉！择友之不可不慎也。

(平)

呼延灼(第九)

《水浒》写平盗诸人，均以大将风度，怀才不遇出之。如此，所以使其后来易于入泊为伙也。灼以开国元勋后裔，有万夫不当之勇,且为高俅所稔知,而其位亦不过汝宁州都统制。以清代驻军制比较之,亦仅仅一县城中千总游击之类耳。灼在平日,未知其抱负何如,但观其被宣至东京,未见天子,先拜高俅,声称恩相,如受大宠。而亦既为梁山所败也,急投慕容知府,欲走慕容贵妃关节,以免于罪,灼之人格,盖可想矣。

虽然,灼有万夫不当之勇者也,以有万夫不当之勇之人,患得患失,乃至如此,则尔时有才之不足恃,可见一斑。而蔡京、高俅之培植私党,妒贤嫉能,又奚待论?使非梁山盗风之炽,高俅一时心血来潮,想及于灼,则灼终其身困于汝宁州与草木同朽耳,于灼何责焉。叩马书生之言曰:"世未有权奸在内,而大将立功于外者。"嗟夫!岂特不能立功而已,才勇之士,苟不甘为狗奴才之驱使,老死牖下耳,又何从为大将哉。此宋之所以亡也。为天下古今忧国有心,救国无道者,同声一哭!

(宁)

花荣(第十)

有村俗卑鄙之刘正知寨,便有风流儒雅之花副知寨。有剥削小民,不分良莠之正知寨,便有文武双全,无用武之地之副知寨,天下事大抵如此,握权者不必有能,备位者多才多艺,而竟无法展其一技一艺也。夫既不能展其一技一艺矣,而为正者又恐物不得其平则鸣,将不免挟智力以谋我,于是愈抑压之,以使永久无可展其一技一艺而后已。此花荣之在清

柴进门招天下客

风寨,局促不安,一见宋江即痛斥刘知寨者乎?

以花荣之才,如燕顺王英等,纵有十百,不足值其一顾,而卒使燕顺王英等之能于清风寨附近结伙落草,殆为情理所必无,然而燕顺王英不但结山为盗,且并刘知寨之夫人而亦抢劫之,此一半在刘高之无力剿匪,而另一半不能不认为在花荣之熟视无睹矣。盖花荣身自为计,有匪即不必任其咎,匪平则刘高受其功,固不必为此吃力不讨好之事也。吾于何见之,吾于花荣对宋江所言知之,彼既谓"小弟独自在这里把守时,远近强人,怎敢把青州搅得粉碎?……恨不得杀了这滥污禽兽。"此对刘知寨而发也。又谓"正好叫那贱人,受此玷辱,兄长错救了这等不才的人",此对刘知寨夫人而发也。是则宋江之为刘高所陷害,亦不无池鱼之殃也。文雅如花荣,犹不免与刘高争至两败俱伤,薰莸不同器,信然哉!

(宁)

柴进(第十一)

《水浒》之盗,其来也可别为四。原来为盗,如朱贵、杜迁是也。处心积虑,思得为盗以谋出身,如宋江、吴用是也。本可不为盗,随绿林入伙,如燕青、宋清是也。势非得已,如俗所谓逼上梁山者,林冲、杨志是也。若以论于柴进,则吾又茫然,而不能为之类焉。谓其非原来为盗,则与江湖强盗,早通消息矣。谓其非有心为盗,则其结交亡命,固行同宋江矣。谓其非随绿入伙,则固曾藏梁山中人计赚朱仝矣。谓其非被迫上山,则丹书铁券,曾不能救其自由矣。大抵柴之为人,并非势必为盗之辈。固一思宋朝天下夺之于彼柴门孤儿寡妇之手,自负身有本领,颇亦欲为汉家之刘秀。且宋纲不振,奸权当道,柴家禅让之功,久矣不为人所齿及,而尤增柴氏耻食宋粟之心。故柴虽不必有唐州坐井观天之一幕,亦迟早当坐梁山一把交椅也。

《水浒》一书,本在讥朝廷之失政,而柴进先朝世裔,宋氏予以优崇,亦尝载在典籍,告之万民。乃叔世凌夷,一知府之妻弟,竟得霸占柴家之产业。柴皇城夫人所谓金枝玉叶者,乃见欺于裙带小人,焉得而不令人愤恨耶?柴之为盗,固可恕矣。

惜哉!柴未尝读书,又未尝得二三友,匡之于正也。不然,以其慷慨好义,胸怀洒落,安知不能为柴家争一口气呼?

(宁)

李应(第十二)

《水浒》三十六天罡,论其才智勇力有绝不如地煞者,未知地煞者,未知作书人,当时恃何标准以轩轾之?若扑天雕李应,其一也。

祝家庄恐水泊群寇借粮犯境,厉兵秣马,深沟高垒,联扈李二庄,共结生死之盟,论公谊,为国家守土,论私情,亦为乡捽自卫。见义勇为,此正大丈夫事。读《水浒》至此,辄为浮一大白。乃李应首破盟约,于群寇三打祝家庄之时,闭门作壁上观。使群寇少受一方之牵制,反以增加一分攻祝扈二姓之能力,祝家庄之亡,虽不尽由于李氏之废约。然长城自坏,士气必减,乃军家之大忌,正名定分,李决不能辞其咎也。

李氏与祝彪反目,非为祝氏曾捕时迁乎?时迁偷食村店之鸡,本属犯罪,祝氏罚之,业已不得谓非,而时迁甘冒不韪,自认将投梁山,是则敌人入境,尤所不赦。李果念及盟约,将杨雄、石秀一并擒缚,送与祝氏解之州牧,理也,亦势也。而李听其管家杜兴之言,明知石、杨为投梁山而来,明知石、杨投梁山之后,必兴大军来犯,竟酒肉款待,赠金慰送。是何异敌国之优奖间谍,失主之勾通窃伙耶?梁山寇既来,独不犯李氏庄上寸木寸土,人固知其彼此有所默契于心矣。

祝氏联盟,祝太公隐为盟首,然其名不如宋江之耸动江湖也。祝为庄主,李亦为庄主。祝联盟之日,未尝告李曰:将有术以博朝廷之知也。然宋江则告人静待招安矣。招安,做官之别径也。为李氏计,何去何从,不明若指掌乎?侧目风尘,吾不忍责李氏矣。

(平)

朱仝　雷横(第十三)

朱仝,雷横,何人?郓城县兵马都头也。都头所为何事,缉捕一县盗贼者也,给予都头缉捕盗贼之权者谁?郓城县知县也。知县何为给予都头缉捕盗贼之权?以国家有此法令,设此职务也。国家何为设此职务?以国家收有人民钱粮,应为人民

花和尚倒拔垂杨柳

剿除盗贼也。剿除何方盗贼？就朱仝、雷横所供职之地方言，即应使郓城县内无盗贼也。郓城县内究竟有盗贼与否，则固有也。盗贼为谁？宋江、晁盖、吴用以及王伦等是也。有贼何为而不缉捕？有者朱、雷不敢捕，有者朱、雷又实释放之也。缉盗者与盗为友可乎？不可也。不可何故而释放之？因视私谊重于公事也。何为视私谊重于公务？朱、雷则固视为此乃忠义所应为之事也。何为而有此谬误思想？朱、雷本亦近于贼也。近于为盗之人，郓城县知县何故令其为都头？则知县毫未料及也。知县何故不知？则以通盗已使社会上成为常事，不易发觉也。何为有此趋势，以人民恼恨贪官污吏，误认盗贼为义士也。贪官污吏为谁？自蔡京、高俅以下，盈天下皆是也。

嗟夫，然则朱、雷固无罪，罪在蔡京、高俅也。有罪者为太师，则罪又不仅于蔡京、高俅而已。

(平)

鲁智深(第十四)

和尚可喝酒乎？曰：不可。然果不知酒之为恶物，而可以乱性，则尽量喝之可也。和尚可以吃狗肉乎？曰：不可。果不觉狗被屠之惨，而食肉为过忍，则尽量吃之可也。和尚可拿刀动杖，动则与人讲打乎？曰：不可。然果不知出家人有所谓戒律，不可犯了嗔念，则尽量拿之动之可也。总而言之，做和尚是要赤条条地，一尘不染。苟无伤于彼之赤条条地，则虽不免坠入尘网，此特身外之垢，沾水即去，不足为进德修业之碍也。否则心地已不能光明,即遁迹深山,与木石居,与鹿豕游,终为矫揉造作之徒,做人且属虚伪,况学佛乎?鲁师兄者,喝酒吃狗肉且拿刀动杖者也,然彼只是要做便做,并不曾留一点渣滓。世之高僧不喝酒,不吃狗肉,不拿刀动杖矣,问彼心中果无一点渣滓乎?恐不能指天日以明之也。则吾毋宁舍高僧而取鲁师兄矣。

吾闻师祖有言曰:"菩提亦非树,明镜亦非台。本来无一物,何处著尘埃。"悟道之论也。敬为之与鲁师兄作,偈曰:"吃肉胸无碍,擎杯渴便消。倒头好一睡,脱得赤条条。"

(平)

武松(第十五)

有超人之志,无过人之才,有过人之才,无惊人之事,皆不足以有成,何以言之?无其才则不足以展其志,无其事又不足以应其才用之也。若武松者则于此三点,庶几乎无遗憾矣。

真能读武松传者,决不止惊其事,亦决不止惊其才,只觉是一片血诚,一片天真,一片大义。惟其如此,则不知人间有猛虎,不知人间有劲敌,不知人间有奸夫淫妇,不知人间有杀人无血之权势。义所当为,即赴汤蹈火,有所不辞,义所不当为,虽珠光宝气,避之若浼。天下有此等人,不仅在家能为孝子,在国能为良民,使读书必为真儒,使学佛必为高僧,使做官必为纯吏。嗟夫,奈之何,世不容此人,而驱得于水泊为盗也。故我之于武松,始则爱之,继则敬之,终则昂首问天,浩然长叹以惜之。我非英雄,然惜英雄谁不如我耶?

好客如柴进,无间然矣,然犹不免暂屈之于廊下。只有宋江灯下看见这表人物,心下欢喜,只有宋江曰:"结识得这般弟兄,也不枉了。"然则举世滔滔,又乌怪武二之终为盗于宋江之部下也。恨水掷笔惘然曰:"我欲哭矣!"

(平)

董平(第十六)

东平距水泊甚近,且为一府。守城官员其必戮力同心[1],善为戒备,自属必然。而太守程万里,乃以拒与董议婚,日常"言和意不和"。其未闻廉颇、蔺相如将相交欢之事乎?至围城之日,董又提亲,此分明前日之羊子为政,今日之事我为政也。在此要挟下,而程犹不悟,意谓议非其时,不知董平常日所求不得,此正求之之时。程不能于事前有以避之,又不能于事后有以羁之,而以打官话沮丧董之心,其愚诚不可及。观乎宋江以董有万夫不当之勇,攻城之前,犹先礼而后兵,程处危城,乃与欢喜冤家共捍国土,则其灭家之祸,直自招之矣。

至董平长处,于传无所见,然明知东平重镇,以兵马都监微职坦然守之,且于其时欲舍三军之惧,而求双栖之喜,殆亦

---

[1] 见于《墨子·尚贤(中)》:"《汤誓》曰:'聿求元圣,与之戮力同心,以治天下。'"

汴京城杨志卖刀

有勇无谋之徒也。唯其有勇无谋,太守不识,宋江乃得而用之矣。

(渝)

张清(第十七)

张清于东昌城外之战,顷刻之间,以飞石连打水浒十五员上将,使宋江百战之身,为之失色,而以比之五代朱梁王彦章。真有声有色之一页矣。然此技徒用之于临阵斗将耳。三军胜负,固不取决于是也。故不数日乃卒为宋江帐前之阶下囚。

观宋室之用将也,如关胜之贤明,呼延灼之精勇,秦明之猛烈,无不一一赍粮于盗。则张清之身怀绝技,一战而使宋江惊,再战而被宋江用,亦未足奇也。为丛驱雀,为渊驱鱼,固愚矣。然有雀有鱼而不善用,即不驱之,亦终归丛归渊而已。

金兵之渡河也,斡离不叹息宋室无人,谓以数千人守之,金兵即不得渡。然《水浒》诸酋,非自天降,则宋室岂真无人哉?

(渝)

杨志(第十八)

吾闻之先辈,有老童生者,考至五十,而犹不能一衿。最末一次,宗师见而异之,当堂笑谑之曰:"鬓毛斑矣,犹来乎?"老童生曰:"名心未死,殊不甘屈伏耳。"宗师曰:"然则尔尚有不平,兹出一联,尔且对之。"遂曰:"左转为考,右转为老,老考童生,童生考到老。"童生不待思索,应声而对曰:"一人为大,二人为天,天大人情,人情大似天。"言讫,向宗师一揖,宗师笑而点其首。于是童生乃于是年入学。嗟夫,吾闻是事,乃甚叹有本领人之无所不至,而求免于与草木同朽也。

若杨志者,将门三代之后,令公五世之孙,且复曾为殿前制使,愿守清白之躯,顾一朝失所凭藉,乃至打点一担金银,求出身于高俅之门。更又屈身为役于蔡京女婿之下,早晚殷勤,听候使唤,夫如是者何? 非为怕埋没了本领,不能得一个封妻荫子耶? 噫!制使误矣,古今天下,盗不限钻穴逾墙,打家劫舍之徒。有饮食而盗,有脂粉而盗,有衣冠而盗,等盗也。杨徒知在水浒落草,玷污清白之躯,而不知在奸权之门,亦复玷污清白之躯。水浒强盗,搜括银钱于行旅,大名梁中书,则搜括银钱于百姓,何以异耶?于水浒则不愿一朝居,而梁中书十万金珠之赃物,则肝脑涂地,而为之护送于东京,冀达权相之门。乃祖令公在九泉有知,未必不引以为耻也。

夫善能审是非如杨志,当无不知高俅为奸佞之理,知之而仍就之,正是为了舍此一条路,不易找出身耳。世无钟期,卒至宋江得空冀北之群,可胜叹哉!

徐宁(第十九)

人之子孙,袭祖父之基业,其所以自处之道有三,秉其智力,发扬而光大之,上也。兢兢业业不失所有,中也。守之不力,轻易失之,下也。若所承继既毁,且降志辱身,人随物尽,则破家之不肖子矣。

徐宁为御林军金枪教头。身怀绝技,名闻江湖。固上上人物也。然其钩镰枪法,非自习得,乃祖父所遗传。故其上上人物之资格,非所自来,亦复祖父所传予,平衡论之,此与屋子梁上红皮箱内所藏之赛唐猊雁翎甲,孰贵孰贱,孰重孰轻,不待知者而后知。而徐之与甲也,朝夕呵护,重等性命。及甲为时迁所盗,一再追寻,虽有职守,在所不顾。对于祖先所授之物,可谓尽其保守之职矣。然其名为祖先之余荫,则忘之。其身为祖先之遗体,亦忘之,一旦被赚入山,三言两语,即随绿为盗。是视甲不能归于窃贼,而身则可归于强盗也。本末倒置,亦甚矣乎!

封建之世,保守祖先基业责任之重者,莫如天子。试以天子言之,成也,当如汉光武,起自农亩,卒挽刘家将堕之业。败也,当如明崇祯,散发披面,缢死景山,以示无面目见祖宗于地下。若古今儿皇帝之流,虽幸得苟延残喘,岂徒玷辱先人,更为其子孙遗羞耳。因论徐宁,不禁感慨系之。

(宁)

索超(第二十)

大名梁中书手下,有三个武将,计为大刀闻达,李天王李成,急先锋索超。此三人以索氏之武艺最佳,亦以索氏之地位最低,于是独索氏降顺梁山。宋江固善于笼纳人物,而亦梁中书未尽其用,有以致之耳。试观东郭争功之日,索与杨志比武，虎跃龙骧，几无高下，则其出色当行，谅亦必由杨氏于宋江前屡屡言之，故宋江之打大名，不欲之致李成、闻达，而唯生致索超。此盖言梁中书失一杨志，即不免又失一索超。扩而言之，东京失一林冲，即不免失却关胜、秦明、呼延灼、董平、张清无数武将。否则彼等纵战而不胜，亦必败而不降，今宋江遇诸人，一拍即合，是宋室之养士，故不如区区后面小吏能以江湖义气动之矣。

索超之被擒而降也，与杨志话旧，各各流泪。此不仅"乍见浑疑梦，相逢各问年"而已。若曰："吾人争功之日，固谓一刀一枪，博个边疆出头之日也。庸知今日把晤于盗薮乎？"区区数字，读者极易放过。实则此真作者有深意处，而画出末路英雄一掬无可奈何之泪也。悲夫！

(渝)

戴宗(第二十一)

神行太保戴宗，庸材也，亦陋人也。既庸且陋，乃于水泊中得膺天罡之选，则不过以其有神行术之一技而已。此一技之长，宋江、吴用，以至其余一百零五人，何以如此尊重之？是则于水浒每有所举动，必须戴宗来往奔走，有以知其然。故人生怀技，不可不专，专亦不可不适于环境之需要。请反言以明之，使梁山而无戴宗之人，则所有大举而不克成者，将十去其五六矣。一身而系全山事业之半，焉得而不为人所重乎？

秦之围赵也，而信陵君窃符救之。然直接窃符者，如姬也。一弱女子而存赵氏宗社矣。刘邦之困于鸿门也,项伯救之,然载刘脱险者,则一马也,一马而开刘汉数百年基业矣。人与物之得用,贵在其时,贵在其地,且贵得其遇,否则墨翟与鲁仲连,空有救世之心,终其身在野而已。此戴宗在浔阳当节级,不过为走卒,而入水泊则为头领也,以是论今居要踞津高位者,可以悟矣。

或曰:"神行之术,其理不可通,戴根本不能有此技。"此则另为一事,必凿凿言之,水浒且不得存在,况吾小文乎?

(渝)

刘唐(第二十二)

一条大汉,赤条条睡在灵官庙供桌上,此便能认为是贼乎,不能也。不能认为是贼,而雷横固已认刘唐为贼矣,雷横其误乎?夫雷横职任都头,缉贼者也,缉贼者认为是贼,则其人必具有可认为是贼之道?然则雷横之误,殆又不得认为有意害刘唐是贼也。且刘唐之来,在奔投晁盖,送上一套富贵,此富贵指劫生辰纲而言,其行为乃盗也。盗且胜于贼焉。是刘唐赤条条一条大汉,有于内而形诸外,真有贼相者也。有贼相矣,且真为贼矣。缉贼者识而捕之矣。是雷横固未尝误也。

虽然,雷横固未尝误乎?误也。知刘唐是贼而捕之矣,何故以晁盖认为外甥,即放之耶?非晁保正之甥,赤条条睡在灵官庙供桌上便是贼?便擒之而送于当官。是晁保正之甥,即赤条条睡在灵官庙供桌上,便不是贼,便私行释放之,天下有是

李遠壽張喬坐衙

理也耶？雷横真误之又误矣！

雷横误之又误矣。而刘唐则不以此误之又误为误也。晁盖亦不以此误之又误为误也。盖刘唐不以其坐预谋劫盗为贼也，晁盖亦不以其坐预谋劫盗为贼也。不以为贼，则刘唐得以其人为是矣，亦得以赤条条夜睡在灵官庙供桌上为是矣。盖梁山一百零八好汉，都复如此也。吾人真不敢以主观之眼光想天下士矣。不然，郓城县月夜走刘唐之时，身穿黑绿罗袄，肩背包裹，谁又敢而贼之者？人而彼贼相，固不在相也，于此可以论刘唐矣。

(平)

李逵(第二十三)

《聊斋志异》，虽为妖怪之说，实亦寓言之书。得其道于字里行间曰狐曰鬼，何莫非人也。十年来未读此书，大都不甚了了，然于考城隍一则中之八字联，则吾犹忆之。其联曰："有心为善，虽善不赏。无心为恶，虽恶不罚。"此真能铲除天地间虚伪，一针见血之言。若以论于黑旋风李逵，则实公平正直，一字不可易者也。

李二哥一生，全是没分晓，亲之则下拜，恶之则动斧，有时偶学坏人，以使小刁滑，而愈学乃愈见其没分晓。此种人天地间不必多，有了而亦不可绝无。有此等人而后可以知恶人之所以恶，知伪人之所以伪，知好人之所以好，知善人之所以善，知信人之所以信，知直人之所以直。愿天下人尽是此等人。则诛之为杀不辜,劝之又教人为恶。窃以为水浒中有此人,只是要为宋江、吴用辈作对照。如宋江打城池,必曰不伤百姓,李则只知使出强盗本性,乱砍乱杀。故李之恶,至于盗劫而止,宋则为盗之余,且欲收买人心。于是如何以论宋、李人格之高下,盖显然可见焉。

俗好以天真烂漫四字许人,仔细思之,谈何容易?窃以为如李二哥者,庶几当之无愧。盖李不仅是一片天真,而其秉天真行事,实又赋性烂漫者也。

(平)

史进(第二十四)

史进在未遇王进以前,不过能耍花拳之乡间纨绔,既遇王进之后,武艺猛进,人亦成为大好身手之健儿,真克传衣钵之佳子弟也。金圣叹以为史进只是上中人物,因《水浒》后半写得不好。后半写得好与否?吾且置之不问,然而彼释放陈达时,自忖自古道大虫不吃虎肉,吾不免为之击节三叹。盖据吾所见,不必大虫吃虎肉,惟大虫能吃虎肉,始见大虫之肥,亦始见大虫之威,史大郎独肯不吃虎肉,即以大虫论之,亦不失为好大虫者也。

当今之时,一国之善士,不得矣。一邑一乡之善士,又何尝时有?不得已而思其次,则同党同类中能称为好人者,以凤毛麟角观之,不为过也。若九纹龙史大郎,似可视为凤毛麟角矣。

史大郎犹不止此也。乃为释放少华山强人之故,至倾其家而无怨言,真孔氏所谓与朋友共,敝之无憾之志。而其为少华山毁家之后,朱武等劝其落草,且直斥之为"再也休提"只是去关西寻师傅王进。比较之一百八人中因失业而没落为盗者,尤未可同日而语矣。惜哉!史赴延州乃未寻见王进,卒至于为百八人中之一也。

(平)

穆弘　穆春(第二十五)

穆弘、穆春,揭阳镇上富户之子也。年富力强,复有贤父,就其境遇言之,正可为善。而乃接近盗匪,成揭阳岭上三霸之一。若就寻常人情言之,于理必不可解。但吾人读《水浒》,细数其中人物,贵如柴进而为盗,富如卢俊义而为盗,甚至智勇兼备,系出武圣如关胜亦为盗,是率各阶级人物而无不甘为盗也,则岂个人心理变态之所致哉?

当薛永在揭阳镇卖技,因未向穆氏兄弟投拜,二穆但禁人为之破钞而已。乃宋江与银五两,穆春始认为灭却揭阳镇上威风,挥拳而与之较。则其初意,乃在抑制强者,少年血气方刚,其罪犹小。乃吊打薛永,追逐宋江,张横在江上相见,且认为欲夺生意。则穆氏弟兄,身居民家,纵横乡里之余,杀人劫货,必引为常事,既非饥驱,更非势迫,称霸镇上,乃以是自荣。平明世界,是何现象?而乡里不以为怪,且唯命是听。国之将亡,必有妖孽,其事之谓欤?

混江龙太湖小结义

故世人民苦闷,不免推崇游侠,以泄胸中之积愤。末流所趋理智悉不克抑制情况,遂至倒行逆施,以横暴为勇敢,以违法为革命。而富贵之家亦以径做盗杀人为荣誉矣。二穆盖苦闷社会中之人耳,寻本探源,此有大问题在。

(宁)

李俊(第二十六)

李俊为浔阳江上三霸之一,平民而以霸称,自非善类。但据其自言,只是以掌船作艄公为主,则较之张横、李立之以杀人劫货为业,自胜一筹矣。然亦仅仅只能胜此一筹耳。盖彼终年与杀人夺货者为伍,已等国法人道于无物,为大恶之人,亦为大忍之人也。唯其为大忍之人也,虽终年与盗为伍,而尚未亲身为之。独惜此等人置之浔阳江而称平民之霸耳,若使之走绝域,守孤城,或亦不难为苏武、张巡之徒也夫!人生此世,不得其遇,不得其伍,虽坚苦卓绝,亦无可称者,于李俊悟之矣。

吾言夸乎?否也。请以李之对宋江之言证之。彼曰:"只要去贵县拜识哥哥,只为缘分绵薄,不能够去,今闻仁兄来江州,小弟连在岭下等接仁兄五七日了。"其思贤如渴若此,而亦可见其做任何一事,皆极有耐心与毅力者。设非其日日奔上揭阳岭来,引起李立之一问,几何宋江不为馒首馅儿也哉?"桃花潭水深千尺,不及汪伦送我情。"宋江真可为李俊咏矣。而宋江于李,不及视武松、李逵、戴宗也。殆以其人坚忍,声气有所未同欤?

陈忱作《水浒后传》,使李做暹罗国王,盖真得其意者。京剧《打渔杀家》,亦谓李已成隐士,居于太湖,意亦相同。此殆得之于逸本《水浒》,而已不传者。故论李之人品,实已胜过诸水路头领。虽然,善读《水浒》如金圣叹亦未及知。是固不能责之一般读泊学者已。

(渝)

三阮(第二十七)

四五月间,绿阴浓遍。农家石榴,高齐屋檐,于墙头作花,以窥行人。花点点如火,在绿阴中,至为娇媚。尝于此际,设短榻野塘堤上,临风把《水浒传》读之。至吴用入石碣村说阮一段,环观佳树葱茏,疑吾鬓边插一朵石榴花。颇思水上打鱼,村店吃酒,亦是人间一件乐事,何必一定要去做强盗。使吴用不来说其劫生辰纲,则阮氏三弟兄,终其身为渔夫也可。然则不识字人,诚不可与秀才交朋友也。

虽然,物必先腐而后虫生,使阮氏弟兄自始便如杨志、卢俊义,以失身为盗可耻,则吴用虽有悬河之口,又岂如阮氏弟兄何?阮小二曰:"我兄弟三人的本事,又不是不如别人,谁是识我的?"阮小五、阮小七亦曰:"这腔热血,只要卖与识货的。"由是言之,三阮之不免为盗,实有本事有以累之。此孟子所以叹小有才未闻大道为杀身之祸欤?我又甚叹来说三阮者,非王进其人。使果为王进,则或亦不难同往投效老种经略相公,在边疆上做些好男儿事业也。

(平)

张横(第二十八)

"老爷生长在江边,不爱交游只爱钱。昨夜华光来趁我,临行夺下一金砖。"此船伙儿张横,夜渡宋公明,在浔阳江上所唱之歌也。江流浩浩,星光满天,茫茫四顾,不知去所,当宋江闻此歌时,诚有心胆俱碎者。然其卒也,因李俊之来救,张横至向宋五体投地,则又爱交游不爱钱矣。吾以为天下真不爱钱者,必不肯挂诸口头,反之,以爱交游挂诸口头者,又未必不爱钱。若船伙儿张横所言,为小人而不讳为小人,尚觉直截痛快耳。观于其忽然与宋江为友,且执礼甚恭,则知不爱钱挂诸口头者,有时尚能不爱钱也。

人之于钱与交游,金圣叹分三等论之。太上不爱钱,只爱交游,其次爱钱以为交游之地。又次爱交游以为爱钱之地也。吾以为今日情形,绝不如此,应当曰:"太上爱钱,以为交游之地。其次爱交游,以为要钱之地。又其次,则只知爱钱,不知所谓交游。"若张横者,口中又道得出交游二字,则是知天下尚有交游一事。知天下尚有交游一事,故能纳李俊之言,而全宋江之命。若以今日不懂交游只爱钱者言之,吾取张横矣。

爱交游不爱钱者,世已绝无,爱钱以为交游之地者,又有几人?若夫爱交游以为要钱之地者,初不失互惠主义。吾人对

张顺夜伏金山寺

之犹觉差强人意也。

(平)

张顺(第二十九)

市井有俗语曰:"乌龟变鳖,好亦有限。"此于张顺观之矣。张顺与其兄张横称霸江上时,横摆渡,顺乔装客商,与行人相杂登舟。既至江心,横拔刀讹索,每客须钱三贯。顺故作不从,横乃颠之于水。全舟人惧,一一与钱而后已。顺固能在水久居者,潜泳上岸,与横共分赃款用之。后改行,横拦劫江上,顺则在浔阳江边当鱼牙子。宋元人所谓牙子者,为买卖两方论质量,平价值。既成,于中博取微利者也。此本寄生小虫,当听命于人。顺不然,隐然为鱼贩之魁,彼未至江滨,纵有贸易,无或敢成交,此何以故? 非因其盗性未改,善游泳能杀人乎? 顺不为盗,与盗固相处不远也。

狼子野心,顺何足责? 然浔阳知府蔡九,宰相蔡京儿子也。蔡京执政,群贤避位,举国侧目。儿子以父贵,其气焰可知,而肘腋之间,乃巨憝潜伏,毫无闻知。作《水浒》者处处说强盗,何尝不是处处说朝廷乎? 当是时也,外则金夏并兴,胡马南窥。内则群盗如毛,民生凋敝,蔡京方培植私党,专图利己。遂至如生药店商及鱼牙子者,亦能横行郡邑之间。观于其吏治,则宋之亡,又岂岳飞、韩世忠一二人所能挽回哉!呜呼!

(宁)

杨雄(第三十)

《水浒》人物,多有个性,杨雄则无个性。《水浒》人物,多有决断,杨雄则无决断。故其娶寡妇潘巧云也,而家中能允其为前夫王押司作二周年功德。及其遇石秀也,而于街头打得破落户张保见影也怕。使非好事之石秀必欲其作个好男子,难免其不为武大第二也。

果尔则杨无负于潘巧云也,是又不然。夫男子富余占有欲者也,封建之世,而此欲尤发挥特甚。娶寡妇而许其惦念前夫,今社交开明之日,犹所少见。在赵宋之年,杨竟能许潘巧云斋戒素服,招少年僧人超荐其前亡夫于家,揆之人情,实所罕见。况此少年僧人,又乃岳潘老丈之干儿乎?凡此种种,势必潘氏习其无个性无决断已久,故坦然为之耳。于是而向报恩寺还心愿矣,于是而后门口半夜有僧人出入矣,于是反以言激之而出石秀矣。是则杨雄之辱,杨自取之耳。

中国人讲中庸之道,于夫妇之间,若背中庸而出乎中国人之人情,则其不偾事者盖鲜。吾不图于《水浒》中得其证也。

(渝)

石秀(第三十一)

朋友之妻犯淫,朋友看了不快,一怪也。看了不快,直告其夫,谓日后将中其奸计。岂天下淫妇,皆有杀夫之势乎?二怪也。其夫反谓告者有罪,告者止于证明而已。而代为杀奸夫,更且杀奸夫之党羽。此皆与朋友何事?二怪也。既杀人矣,既得表记矣,冤亦大矣,为朋友谋,为自己谋,似已无可再进,而断断然必劝朋友之杀其妻,四怪也。夫杨雄自姓杨,石秀自姓石,潘巧云自姓潘,本已觉此三人,无一重公案构成之可能,若至于迎儿,则不过小儿女家听其主人之指使。苟有小惠,似不可为。而翠屏山上,石秀亦必欲杨雄杀之。嗟夫!何其忍也。

石秀自负是个顶天立地汉子,读书者或亦信之,然而至于人可上顶天,下立地,则天地之间,所谓人者,又当如何处之?吾于是观石秀,未见其有容人之量也,人而不能容人,而谓可以顶天立地,无此理也。无此理,而石秀居之不疑焉。吾未能信石秀是一汉子也。

然则为石秀者当何如?无礼之家,理应不入,入之而遇无礼。能代朋友消灭之为上,其次则洁身远去,乃必跳入是非之圈,更从中以明是非,此固下策也。虽然,为杨雄计,则与潘巧云绝,亦计之得耳。

(宁)

解珍　解宝(第三十二)

人而以两头蛇、双尾蝎名之,其为人可知矣。然观于其兄弟本传,不过登州两猎户,初无何毒害加于社会也。无何毒害加于人,而人以虫豸中之最毒辣者以绰号之,得毋冤乎?予重

放冷箭燕青救主

思之,是决非无故。

　　《水浒》人物之诨名,或取义于其行为,或取义于其职务,或取义于其形状,或取义于其技艺,是是非非,各有深意,决非风马牛之不相及。解氏兄弟,孔武有力,状貌魁梧,问其业,则又以猎狼虎为生。是则乡党之中,人不敢轻撄其锋,所不待论。人既不为乡党所亲,是则名之曰两头蛇、双尾蝎,亦无不宜矣:古人观人不得,常以求之于其友。今解氏之姊曰母大虫,与其夫孙新,开设赌场,称霸一乡。是解氏兄弟之为人已可知,而其亲友一闻其冤,即出之以劫牢反狱,则其徒之悍不畏法,当不自今始。解氏与不法之徒为亲友,其人更可知也。或曰:"夫既如是,毛太公何以故犯而逢其怒?"曰:"毛太公土劣类也。土劣易与无赖合,亦易与无赖哄。使其如有绰号,亦不外毒蛇猛兽之列,故彼公然欺之,公然陷之,实无足怪。名解氏为两头蛇、双尾蝎,正所以状毛太公之更有甚于蛇与蝎也。"读者疑吾言乎?稍稍察穷乡僻野中之土劣,可以悟也!

(渝)

燕青(第三十三)

　　百里奚在虞不能救虞之亡,在秦秦因之而霸,非百里智于秦,而昧于虞,虞不能用其智也。燕青有过人之材,智足以辨奸料敌,勇足以冲锋陷阵,而卢俊义不能用,俳优蓄之,童厮目之,而终以浮荡疑之焉。良禽择木而栖,士为知己者死,青未免太不知所择所为矣。且当卢自梁山归家之日,青敝衣垂泣,迎于道左。其所得者非主人之怜与信,而乃靴底之一蹴,尤令人仇忿不平。而青始终安之,更能乞得一罐残羹、冷炙,以送主人之牢饭。何许子之不惮烦也?吾知之矣,青岂非以卢曾衣食之于贫贱,恩不忘报,而不忍视其入于好人之手乎?"疾风知劲草,板荡识诚臣。"吾又知松林一剪,燕之幸,而其心实未必欲如此也。

呜呼!才难,才而得用,能尽其长,尤难。良材屈于下驷,不逢伯乐,驱捶而终,古今岂浅鲜哉?吾于燕青,不胜感慨系之。

(宁)

地煞篇

朱武（第三十四）

　　七十二地煞之首，传曰地魁星神机军师朱武，以史家定义言之，则亦予之之深矣。唯朱之韬略，除开卷第一回，向史进行苦肉计外，在梁山并无表白，读者往往疑之。似朱若空有其名者，不知此正朱之才智未可及处也。盖言其地位，排在次班交椅，言其职务，责在襄赞军机。若果越俎代谋，谋之如善也，必使吴用减色，非所以自处之道。谋之如不善也，则徒为兄弟所笑不自量力矣，况其才固实不啻吴用远甚乎？

　　京戏中角色，有所谓硬里子者，非戏学有数十年深邃功夫，不能充任。然其职务，则仅为名角配戏，登台奏技，平淡无疵，倒不得卖力要彩，免遮掩名角光辉。老听戏者，虽极为之苦闷，而彼等则安之若素。盖打破硬里子纪录，必欲得彩，则须一帆风顺，由此跻登名角之林。否则终身无名角与之配戏，将失却啖饭地，京戏中固少此戆人而作冒险之一试也。朱武实其徒焉。

　　昔战国策有云："宁为鸡口，无为牛后。"后世英雄，奉为立身不易之则,自是有故。然鸡口岂得人人据之?故牛后中千古来不知埋没无数英才也。吾人甚勿轻视一切居地位之副者。

(渝)

黄信(第三十五)

姓王者多名佐才,姓梁者多名国栋,非真个个王佐之才而国之栋梁也,心向往之而已。黄信为青州都监,以境内有清风山、二龙山、桃花山三处盗窝,乃取号镇三山。此较之自负国栋王佐者固谦逊多多,而其卒也,一山未曾镇得,而在清风山前,只一次交锋便落荒而逃,是亦可见自言抱负之不易矣。更有进者,黄曾告之秦明,不知前日所解囚车中张三是宋江,否则亦必自行从之。于是又可知黄虽欲镇三山,其思想于三山中头领亦正相同。使宋江早为三山任何一山为魁,黄不难并慕容知府之首级与青州城池共献之矣。平盗云乎哉!

孟子曰,先生之号则不可,知不可者果几人?吾人慎善于姓名中取人也。

(宁)

孙立(第三十六)

孙立为登州提辖,而其弟孙新,乃在东门外开赌坊。此非谓手足之间,贤不肖相距如是。须知孙新夫妇为十里牌一霸,正有赖于其兄之掩护也。当顾大嫂以劫牢反狱之说告孙立时,彼虽略有不然,及愿以吃官司连累眷属相挟,即连呼"罢罢罢"三字以从之,则可知平日为胞弟孙新妻弟乐和所包围,其委曲依顺者,必更仆难数。否则劝守土之官背反朝廷,是何等事!顾大嫂为一平凡之妇人,安得无所顾忌以要挟之乎?试观创此说者为其妻弟乐和,又可卜木朽虫生之为来久矣。

当赵宋之中年,文官荒淫贪污,固彰彰载之史册矣。至武官之腐化恶化,则为史家所忽略。而地方军人,勾结流痞,纵放奸宄,犹未有人有所申论。自读《水浒》,乃知武官之无恶不作,正与当时之文吏相等。登州劫狱,短短一篇插笔,非为解珍、解宝、孙新、顾大嫂等人,亦非写孙立,尽暴露当日地方军人丑态之一斑耳,此吾人读孟州张都监张团练陷害武松之余,可以细玩此插笔者也。世有责孙立未能大义灭亲者,便是呆汉。盈天下地方武官,无非如此云云,孙竟能独清独醒乎?元祐皇后之征召康王构诏书开宗明义,即曰:"历年二百,人不知兵。"诚哉,其不知兵也。

(宁)

宣赞(第三十七)

梁山兵围大名,梁中书告急于东京,蔡京、童贯聚议相府节堂,而众官面面相觑无敢言此。独宣赞于步军太尉之后,挺身而出,保荐关胜解围。只此一事,已令人不胜感慨系之。而问宣之官职,则衙门防御保义使,殆亦今日卫队团长之位而已。偌大东京,只有一保义使有平盗之策,只一保义使识关胜,天下事何须多言哉!

至宣之屈为保义使也,则用连珠箭胜了番将,被王爷招为郡马,不幸面貌丑陋气死郡主,遂至不被重用。此在宣赞,可谓得鹿招祸,人情如此,亦无足怪。特未知此王是谁,独能不以貌取人。以意度之,当不外徽宗兄弟行。使其人代赵佶为帝,则决不会用童、蔡辈,赵氏固未尝无人也。吾哀宣赞,吾哀此王,吾固更哀赵氏之天下。

(平)

郝思文(第三十八)

智勇如关胜,屈为蒲东巡检,自是令人一叹。而郝思文翘然亦一将才,乃四海之内,无所托迹,只能投此巡检小衙,闲话拌食,更可叹已。世固以拌食为男儿可耻事,若郝思文之拌食,安得而嘲笑之乎?纵有可耻,可耻者不在郝氏本人也。使关胜不遇宣赞之保荐而终屈下僚,郝思文是否长此倚靠巡检小衙,诚未可料。然当关胜被擒梁山阶下,回顾郝思文、宣赞,谓"被擒在此,所事若何?"而二人同称愿听将令,是郝之良禽择木而栖,颇不易舍去关氏。此殆关氏所谓"君知我则报君,友知我则报友"也欤。世皆中行氏,乃使无限豫让,都逼上梁山,吾人诚不知为谁何哀也。

(宁)

韩滔　彭玘(第三十九)

昔曹操、刘备煮酒论英雄,刘以袁绍兄弟为五世三公,特首荐之,此虽刘故作痴聋,而以身份论人,固久为贤者所不免矣。韩滔、彭玘随呼延灼平梁山,分任正副先锋,且均现任团练使,以资格论之,自不为低,然观其本领也,彭氏出马一战,即为一丈青所擒。韩被擒虽在大破连环甲马之后,初亦无斩将夺旗之功,均庸才耳。乃石碣宣名,二人高居地煞第六、七名,位在扈三娘、杜迁之上。而扈、杜二人,则曾擒韩、彭者也。此非谓宋江因其身份固高有以提携之,不可得矣。

夫宋江善用人者也,善用人者亦必审查履历,重视其铨叙乎?以意度之,宋殆以韩、彭为降,特假以词色,以广招徕而已。然使韩、彭非团练出身,徒以小弁投降,此高位不可得也。观于同时投降之凌振可以知之。而天下无限英雄,惆怅于铨叙机关之外者,可以归之于命运,毋庸为之嗒然若丧矣。

(渝)

单廷珪　魏定国(第四十)

"蜀中无大将,廖化作先锋",平梁山军马,至于仅用单廷珪、魏定国,策斯下矣。单以决水擅长,魏以放火擅长,乃并称水火二将。然决水放火之战,限于天时地利,非可随时有为,故其来也,关胜慨然自愿领一支小兵遇之,大有目无全牛之概。而不出关氏所料,果以两次会战,即收服之。是蔡京所谓"如此草寇,安用大军",而以肃清山寨,责之二人,真厄酒豚蹄而祝祷丰年也。蔡京知才而不能用,用才而又不知,乃徒为梁山添兵益将,不若草寇远矣。

单告关胜谓魏为一勇之夫,其实单之无谋,亦等于魏,盖以呼延灼、关胜之失败于前,初无戒心,而乃恃水火末技,以平寇自任,均非知己知彼者。使单、魏而可平水泊,则水泊之平久矣。棘门坝上,有类儿戏,此正宋室之所以使水泊坐大也。

(渝)

萧让 金大坚(第四十一)

"水浒"诸雄,有秀才三人,吴用、萧让、金大坚是。古人亦有言,读圣贤书,所学何事?吴、萧、金读书之余,乃一变而为打家劫舍,此可见朝政不纲,无人而不能为盗也。吴用怀才不遇,遂蓄异志,无论矣。萧能读文,金能刻石,一艺之长,足糊其口,奈之何而亦做贼,若曰为梁山人所劫持,不得不如此。则士重气节,宁不能一死了之?吴用曾引彼为好友,则物以类聚,想萧、金素亦非安分之徒耳。

诗人亦有云:"负心多是读书人。"又云:"百无一用是书生。"吾人纵不作苛论,觉秀才之辈,鲜非蝇营狗苟者流,或依傍权贵而忝为食客,或结朋党而滥竽士林,或作豪绅而横行乡里,但全性命无所不可。封建之世,本重士人,此辈即利用此士字以济其恶,萧、金托迹于盗,固亦相处不远也。

宋江欺骗梁山诸盗，妄托天降石碣，书一百八人为星宿下凡，而自列为首，以示彼为领袖，属于天命，藉坚众心。天本无降石碣之理，此吴用计，萧让所书，金大坚所刻，其负梁山一百零四人，不下于宋、吴也。此等书生，但知逢迎权豪，以图富贵，本不足与之言气节。然赵宋晚年，方讲理学，作《水浒》者，其有所讥也夫！

（宁）

裴宣（第四十二）

其人名铁面孔目，是必确守道德，严遵法律之贤士。而确守道德，严遵法律者，犹必为盗以求其生存，是真京戏《翠屏山》中道白，人心大变也已。

裴宣之为盗，出之邓飞口中，谓其为京兆人士，乃本府六案孔目，忠直聪明，分毫不苟。因朝廷任一员贪吏到府，故与寻隙，刺配沙门岛。当其路过山下，邓乃劫之，而尊之为一寨之主。由是言之，裴落草之始，犹非出于本心，如不遇邓飞，殆必老死沙门岛者。使果老死沙门岛，又复谁知其一腹经纶，一部恨史，如即李陵劝苏武语，尽节穷荒，世无人知者也。邓飞之劝裴入伙，当亦不外此等言语耳。虽然士君子抱道在躬，宁死不污不屈，求其心之所安而已，初非在求人知也。裴究为刀笔吏，不能以此语之，此千古来不易于公门中觅理学先生也欤。

至裴入梁山，始终执掌法曹，此则宋江用人，求其近似，未可深论。否则上风放火,下风杀人,百零七人,将无一能为铁面无私者所许可,裴尚能一日留乎?在满清之末年,予尝参观文庙丁祭,私窥其阶前衣冠济济者,无非贪污一群。祭毕之后,且有学官讲《大学》一章。当时年稚,不知所谓,今日思之,正与梁山之有铁面孔目,同堪绝倒也。于是裴宣在梁山之仍以铁面孔目称,乃不必认为荒诞。

(渝)

吕方　郭盛(第四十三)

对影山吕郭比戟一场,有声有色,情文并茂,无限读《水浒》者皆思其将为水泊中二位风云儿矣。盖其出场姿态,固不亚于柴进、花荣也。乃至山后,始终只为宋江护卫,居次排弟兄第十九、二十名,遂又使无限读者为之短气,为之失望,为之咨嗟太息,最后天降石碣,后定名曰地佐星、地佑星,竟命里注定是中军帐前的两值班小将,客气言之,虎头蛇尾,不客气言之则银样镴枪头云耳。

虽然,吕方数典不忘祖。自名小温侯,使有丁建阳、董卓而事之,求仁得仁,犹可恕也。而郭曰赛仁贵,白袍运戟,不远千里而来,觅吕方以较量之,盛气虎虎,固有薛氏遗风焉,而一箭解围,反终身随吕以事宋江,前后判若两人,未可解也。郭何以不亦取《三国》故事而曰赛典韦乎?是则半斤八两得其配矣。或曰:"吕郭未可讪笑也。"夫攀龙附凤,所难得者即与头脑朝夕相处耳。使宋江而得为刘邦、朱元璋,彼亦樊哙、沐英之流也。反之樊哙、沐英而不遇机缘，亦终为淮泗间之细民而已。或求吕、郭之使一宋江而未得也。"将相本无种"，岂仅在努力一方面观之哉。张子于是乎喟然长叹！

(渝)

王英(第四十四)

昔老苏论"三国"，谓人主须有知人之明，用人之才，容人之量，而刘孙曹，皆不全有，遂终于无成。若以此论宋江，则几乎能兼之矣。试观《水浒》一百零七人，品格不齐，性情各异，而或重情义，宋即以情义动之，或爱礼貌，宋即以礼貌加之，或贪嗜好，宋即以嗜好足之，于是指挥若定，一一皆为其效死而莫知或悔。是故王英好色能轻生死，宋即处心积虑，觅一扈三娘予之，未足怪也。不仅予之而已，且使扈拜宋太公为父，以增高其身份，俨然周公瑾所谓，"内托骨肉之亲，外结君臣之义焉。"宋之用人手腕，真无孔不入也哉！

谓梁山而下下等人物，则矮脚虎王英之流是已。以燕顺之杀刘高知寨夫人，王竟不惜提刀与之火并，重色如此，薄义如彼何足言也？而宋江究以彼是一个武夫，卒满足其欲望而别用之。以后下山细作，常常差遣此一长一矮之夫妇，深知之也，深用之也，亦深容之也。对一下下人物如王英者，犹不使有所失望，他可知矣。《水浒》何尝写王英，写宋江也。

(渝)

扈三娘（第四十五）

《水浒》写妇人，恒少予以善意，然一目了然，初无掩饰。若深文周内，如写宋江以写之者，其惟一丈青扈三娘乎？

扈三娘，扈太公之女，祝彪之未婚妻也。梁山众寇打祝家庄，祝扈李三家联盟拒敌，扈方以一丈青大名，挥刀跃马，驰骋战场，当其直扑宋江，生擒王英，何其勇也。及既被俘，一屈而为宋太公之女，再屈而为王英之妻，低首俯心，了无一语，判若两人矣。当是时，祝家庄踏为齑粉，祝彪死于板斧之下，扈夫家完矣。扈家庄被李逵杀个老少不留，扈成逃往延安，扈父家又完矣。扈不念联盟之约，亦当念杀夫之仇，不念杀夫之仇，亦当念亡家之恨。奈之何靦颜事仇，认贼作父，毫无怨言哉？息夫人一弱女子也，惜花唯有泪，不共楚王言，后之人犹不免以艰难一死讥之。扈三娘有万夫之勇，而披坚执刃，随征四战，复仇脱险之机会甚多。乃观其屡次建功，绝无二意，作《水浒》者对之不作一语之贬，正极力贬之也。

或曰："扈当死而不死，可去而不去，甘为盗妇，果何所取。"曰："以理度之，其始必恋于梁山之一把交椅，其继则惑于宋江招安之言，而另图荣宠。"古不有杀妻求将者乎？则扈亦反其道行之而已。

(平)

陶宗旺(第四十六)

《水浒》群酋,大半属于细民,而真正以农家子参与者,则止一陶宗旺。尝究其故,原因有三。中国农人,大都朴厚可欺。遇其时也,日出而作,日入而息,不知所谓太平何自也。如其不遇,则贪官污吏土豪劣绅,均得而奴役之,生平即未曾梦及反抗,故亦不能反抗,《水浒》人物所为,非其所知,其一也。近世史家,称陈胜、吴广之徒,为农民暴动。然亦究非农民起自田间,陈、吴以死挟役民而起耳。以暴秦之虐政,犹不能激农民而起,则赵宋之荒淫,自亦彼等所能忍受,其二也。中国农人,聚族而居,各有室家之累,田园之守,奉公守法,唯恐不谨,即犯法亦无所逃避,安得而有逃命江湖打家劫舍之意乎?其三也。

陶宗旺之加入欧鹏一伙为盗,未知其始何自。观其人仍若谨厚一流,则或亦不外所谓受"逼上梁山"之一通。以不易犯法者而究犯法,则其被逼之深且重可想,惜论《水浒》者,竟未能为之特立一传也。且有进者,宋人尚未以龟为骂人之词,陶绰号九尾龟,似形容其蹒跚人群,而略有后劲者,则其人殆亦不过略胜于武大而已,证之《水浒》分配职务,使之监工土木,必有力而忠厚者。若论其究不免为盗,其真汉人之视刘秀,"谨厚者亦复为之矣"。于芥子中见大千世界,吾因之深有感焉。

(渝)

宋清(第四十七)

梁山一百零八人,少数原来为盗,多数则不得已而为盗。然无论其原来为盗否也,皆必有一技之长,足以啖饭。而吾与宋清,则无以别之。当宋江之在郓城为吏也,宋清寄食家庭,无所事事。及宋江之身为盗魁也,宋清奉父入山,滥竽混食,又无所事事。试执而问之曰:"客何好乎?"答:"无所好也。""客何能乎?""无所能也。"无所好与无所能,在一百八人中,居然坐上一把交椅,梁山人才荟萃,智勇兼全者比比是。虽佳如郁保四,则技可盗马。虽庸如王定六,面貌亦惊人。然于宋清,实无一可取。一百七人,甘与此君同列座位,上应天宿,而不以为耻,真可怪之事也。

宋清之外号,非铁扇子乎?扇子扇风,必须轻巧可携,以铁制之,何堪使用?于其绰号以窥其人,可知矣。而梁山诸寇,每次分配工作之时,必以宋清司庖厨之事,殆故意使与饭桶为伍乎?虽然,与饭桶为伍,固优差也。与其谓之笑谑,毋宁谓之提携矣。

饭桶也,何故提携之?则以其为首领介弟耳。人有好哥哥好弟弟,或好姐姐好妹妹,虽生而为饭桶,又何害哉?

(宁)

杜迁　宋万(第四十八)

杜迁之外号曰摸着天,宋万之外号曰云里金刚,由其字言之,何其壮也。顾揆之其人,则不逮远甚。王伦以落第举子,为盗梁山,末路文人,本非英雄之器。且赋性褊狭,尤不能容物。杜、宋乃低首下心,甘受驱策。窥其言行,并无不平。此犹曰奴才性成,得一主事之即了也。及林冲小夺泊之际,五步之内,血溅杯箸。秀才授首,晁盖就位。杜、宋丝毫不念旧交,纳头便拜新主,此岂好汉所为?若以无耻为盗之文人,理应杀却,则前日呼王伦为大哥非也。若以盗与秀才本属一体,前日共事甚当。而袖手观王伦之呼救,不共患难,则今日呼晁盖为大哥非也。二者必居一于此矣。

吴用、林冲亦知此辈易与,故于杀王之后,亦复于血泊中为杜、宋及朱贵等各备一把交椅,若屠夫于羊圈中牵一羊出宰之后,另以食料喂他羊,无纤末之防患。在吴、林等眼中,固视杜、宋等奴才厮养之不若也。吾未知忠义堂上,拖去尸首,洗盏更酌之间,杜、宋是何感想?晁盖笑,吴用、林冲笑,来自石碣村者莫不笑,杜、宋视朱贵,亦同此一笑乎?噫!

(宁)

周通(第四十九)

庄前锣鼓响叮当,娇客新来小霸王。不信桃花村外火,照人另样帽儿光。读小霸王醉入锁金帐一回后,乃打油一绝,固未尝不为周通遗憾也。夫以周通为桃花山上第二寨主,其欲得刘太公女为压寨夫人,正不难径拨数十喽啰掳而有之。而必纳金下聘,然后奏乐明灯,于"帽儿光光,今晚作个新郎"之彩唱声中,扶醉下马入门,则其人亦有情致,非急色儿如王英饥不择食者,退一步言之,不失为趣盗也。至其向鲁智深折箭为誓,不更登刘太公之门,尤非王英所能,殆未知其心中,亦"虞兮虞兮奈若何"之感否?他日招安,周自可得一小小武官,使其解事,当求为青州一巡检都监之流,于是趁刘小姐之未嫁,重入此一抹红霞簇拥之桃花村,刘太公或不能不刮目相看,终成好事也,而桃花山与桃花村,乃不负此一艳名矣。

古本《水浒》,百十余回中,有李逵在太平庄扮假新娘事。《西游记》亦有猪八戒高老庄招亲事,无非桃花村一幕之重演,此则初咬是沙[1]糖,继咬是矢橛,不足与论,而周通趣事,乃更见其令人回味不置也。

(渝)

朱贵(第五十)

曲槛深回,重帘微启,暖阁人闲,红炉酒熟。于其时也,则世界银装玉琢,雪花如掌。主人翁覆深檐帽,着紫貂裘,叉手

---

[1] 沙,同"砂"。

檐前,昂头看雪。是其人非在钟鸣鼎食之家,亦居冠盖缙绅之列。而不徒林冲于风雪载途会见其人于梁山泊外酒家也。其人为谁,旱地忽律朱贵也。故重帽貂裘,叉手看雪,当时蔡京、高俅可得之,强盗亦可得之。曲廊洞房有之,路边黑店亦有之。其人其地不同,享受滋味则一也。享受既同,虽蔡京、高俅于贿赂敲索求而得之,强盗于杀人劫货中求而得之,而一切为民脂民膏所变,又未尝不同也。朱贵告林冲,谓杀人之后,精肉作靶子,肥肉熬油点灯,是直接用民脂民膏者也。蔡京、高俅家无产铜之山,手无点金之术,其一食万钱,非精肉靶子也。华灯如昼,非人油也。然仔细思之,又何莫非人肉靶子与人油也?人阅《水浒》,徒知朱贵之着紫貂看雪,得之之手段太惨烈也,而不知彼无法间接得民脂民膏,则径直接得之也。试看朱贵有弟曰朱富,后亦上山入伙,彼等之视富贵固如此如此也。

张先生曰,"而今而后,吾之看人着紫貂叉手看雪也,吾必回忆《水浒》朱贵水亭放箭之一回也。"

(渝)

施恩(第五十一)

施恩之于武松也,衣之,食之,敬礼而兄事之,若是乎爱英雄者已。然其动机,只为求其夺回快活林耳,此亦燕太子事荆轲,吴公子光事专诸之故技而已,未足称也。顾武松之入狱也,施则营救之,武松之发配也,施则周送之,绝非过河拆桥之人物，则又可想其无快活林之一事，使得遇武松，亦未必不衣之食之而敬礼兄事之矣。吾于施恩传，最取其送武松一段。其文曰："讨两碗酒，叫武松吃了。把一个包裹，拴在武松腰里，把两只熟鹅挂在武松行枷上。施恩附耳低言道：'包裹里有两件棉衣，一帕散碎银子，路上好做盘缠，也有两双八搭麻鞋在里面。只是路上要仔细提防，这两个贼男女不怀好意。'"其言其事，觉字字动人心坎。最后一结，则"拜辞武松，哭着去了"。真兄弟亦不过如是也。

　　武大之于武松，亲之也。宋江之于武松，爱之也。张青、孔明之于武松敬之也。如施恩之于武松，则亲爱敬重均有之矣。朋友相交，孰免利用，人得如施恩者利用之，果何憾乎？

(渝)

焦挺（第五十二）

　　拳脚不能取胜于刀剑之前，亦即今日刀剑不能取胜于炮火之下，事有固然，未容置疑。然果能出之于奇巧，未尝不可取胜于一时，此焦挺一拳打得李逵坐地，向其问姓名，一脚踢得李逵服输爬起来便要走也。角力而欲使李逵佩服此大不易事，焦挺独能之。无他，以其相扑之术，只是取巧，而又父子相传，不为他人所知耳。

　　焦挺四处投人不着，因之绰号没面目。虽李逵许之为一条好汉，而位备地煞，列在下等，是非以其拳足虽精，究未能用之于疆场欤？前数年，国内遍传大刀歌，结句为"大刀向鬼

母夜叉孟州道卖人肉

子们的头上砍去。"今则久不闻其声,正因在坦克飞机比质量之际,大刀实等于焦挺之脚足而已。

人亦有言,一技之精,不难立足于世,然亦仅能立足耳。大丈夫当学万人敌,吾人未可以焦挺之以能胜李逵于一时为法也。

(渝)

张青　孙二娘(第五十三)

孟州,去东京非遥之,中原郡县也。十字坡,孟州大道也。而张青夫妇为贼设巢于此,开人肉作坊于此。以时计之,且非一日矣,而行人不知也,里正不知也,官宰亦不知也。谓行人失踪比比?未尝寻觅于其途乎?谓里正密迩杀人黑店未尝有所闻见乎?谓官宰绝未得失事人民作一次控诉乎?而曰不然,是则一言以蔽之,治民之官不管耳。否则以张青、孙二娘之本领,何能于此毫无忌惮,为所欲为哉?

张青为盗,有三不害:僧道不害,囚徒不害,娼妓不害。孙二娘亦曰:"清平世界,荡荡乾坤,哪得人肉馒头。"则其人固亦略通人情。通人情而能于十字坡开黑店,是正孰料其无事也。此正蔡京父子所以歌舞东京也,此正宋徽宗所以搬运太湖石入大内而建万寿山也。

(渝)

郁保四(第五十四)

小弟兄中仪表最佳,当推郁保四。故彼身长一丈,腰阔数围,时迁打探,曾首先为宋江言之。夫身长一丈,腰阔数十围亦有足取者乎?曰:"有。试观吴用分配诸兄弟各司其事,而以郁保四执掌大纛旗,可以知之也。"

昔曹交言于孟轲:"文王十尺,汤九尺,今交九尺四寸以长,食粟而已。"论用否而以身长计,曹交若有余憾焉者。使彼与郁保四同时,未知作何感想?郁高十尺,不过为盗魁掌大纛旗,今交且短郁六寸,殆又爽然若失矣。虽然,郁卒以身长见用,若是乎交之食粟而已,仍由于未遇也。使宋江、吴用而遇曹交,决不听其如此耳。

一身长一丈之人,宋江、吴用犹能使尽其用。当宣和之年,君子在野,小人满朝,有食粟之叹者,岂仅曹交之流也哉?而以是知宋江、吴用之未可小视也。

(渝)

白胜(第五十五)

"赤日炎炎似火烧,野田禾稻半枯焦。农夫心内如汤煮,公子王孙把扇摇。"此《水浒》名句,吴用智取生辰纲一役,白胜假扮卖酒人,唱着上山冈来之曲也。每忆此诗,则恍觉当日松林内卖酒夺瓢一神气活现之白胜,如在目前。虽导演者为吴用,而白胜饰此一角,表演得淋漓尽致,即精明如杨志,亦不能不入彀中,则白胜固一胜任愉快,演技炉火纯青之角色也。以此等人才,且有起事创业之功,而忠义堂上排列位次,乃屈居一百零七名,竟在工定六、郁保四之下,殆不公之甚乎?

或曰:"黄泥冈犯案,实由白胜被捕供出同伙所致,此在绿林,认为大忌,而置其人于不齿,白胜未能熬刑,不算好汉,故晁盖等虽救之出狱,而究不为重视也。"此固然矣。然晁盖、吴用于作案后,同聚东溪村饮酒快乐,而独卑之,不与列席,纵之在家放手豪赌,是其谋之不善,亦须自负其责,未可完全归咎于白氏也。观其入山后,细作打探,身经多役,辄未尝有一言一行,如在黄泥冈上之表演精彩,殆亦内疚于心,不敢有所声张欤。于此等处,乃悟盗亦有道,其事固确也。而治盗之不能徒恃严刑,当另有以对症发药,又必然之势矣。

(渝)

时迁(第五十六)

批《水浒》者曰:"时迁下下人物也。"续《水浒》者曰:"时迁下下人物也。"读《水浒》者亦莫不曰:"时迁下下人物也。"然则时迁在一百八人中,果下下人物乎?张先生曰:"未也。"

夫举世所以认时迁为下下人物者,以其为偷儿出身耳。偷儿之行为,不过昼伏夜动,取人财物于不知不觉之间,做事不敢当责而已。较之杀人劫货,而以人肉作馒首馅者,质之道德法律,皆觉此善于彼。今日一百八人中惟时迁为下下人物,

时迁火烧翠云楼

持论未得其平也。否则曰必能杀人,能劫货,能反狱劫库,能放火烧城,便是梁山好汉。若只能偷鸡摸狗,不足齿及也。呜呼!此特倒因为果,奖励为恶之至者矣。吾以为就道德法律论,时迁较之宋江、吴用之罪,犹可减少。就本领论,时迁较之宋清、萧让、郁保四等,又超过若干倍也,奈之何而曰下下哉!王荆公论孟尝好客,谓鸡鸣狗盗之徒,出于其门,而客可知。施耐庵之写时迁入《水浒》,亦正王荆公之意也。一百八人中有时迁一席,而正以证一百八人之未能超于鸡鸣狗盗耳。不然,徐宁家之甲,翠云楼之火,何独为时迁亦著如许笔墨哉?此意金圣叹未晓也。能读小说如金圣叹,犹未或悟,则亦无怪时迁之必为下下人物矣。

(平)

外篇

王进（第五十七）

求全材于《水浒》，舍王进莫属矣。以言其勇，八十万禁军教头也。以言其知，见机而退，卒不为仇家所陷也。以言其孝，能以计全，能以色养，真不累其亲者也。以言其忠，则虽不得争名于朝，犹复往延安府求依老种经略相公，效力于边疆也。使《水浒》一百八人，皆得如王进，则高俅又何足去。而施耐庵先生写此英雄，乃仅仅只有开场一幕，令人辄嫌不足矣，把卷神驰，王教头其犹龙乎！虽然，吾尝见画家之画龙矣，云雨翻腾，太空弥漫，夭矫霄汉，若隐若现，若者为首，若者为角，若者为鳞与爪，此神品也。求其全身，不可得矣。非不可得而画也，惟其一鳞一爪，东闪西匿，斯足以见其变幻莫测，而全身毕显之不易耳。吾虽不得读王进全传，吾胜似读王进全传矣。

史进，乡村纨绔子弟也，仅得王进余绪，即可上列天罡，抗手林、鲁，于其弟以窥其师，尚待论乎？风尘之中，未知果有其人否？吾愿斋戒沐浴，八拜而师事之！

（平）

史文恭(第五十八)

炉中煨山芋,香气四溢,小儿嗅而乐之,垂涎三尺,顾视炉中炭火熊熊,无火箸之属,急切不得到手,颇以为苦。既而一狸奴来,傍炉静坐,闭目假寐。小儿陡生一计,拥猫于怀,手握猫前爪,遽向炭灰中掏取山芋,盖以代火箸也。猫爪为火炙,痛甚,猛跃起,爪伤小儿之面,儿大呼,猫痛且骇,负创窜窗户而出,而案上杯铛盂钵,遂翻腾破碎,无一幸免者。张先生曰:"梁山,煨山芋也,曾头市,猫也。而史文恭则弄智之小儿矣。"

何以谓其然乎？盖史不任守土之官,剿盗本非职责,一也。史之籍贯,书虽未尝详叙,但并非曾头市人,而防盗乃无必要,二也。曾头市主,《水浒》大书特书,大金国人。史,宋民也。佐金人而灭宋盗,出处已非,亦不得谓之仗侠,三也。宋江率军围曾头市,曾太公求和,史亦赞允,但不肯送还照夜玉狮子马,于是和议决而曾氏族矣。史因贪而偾事,四也。论曾头市事之前后,史在借曾家之人力以博名利,乃昭然若揭,不然者,史欲图功,进剿梁山之官军,陆续未断,投效之机会甚多。若意在仗侠,卢俊义率太平车子过水泊,事可效也,于是而可知史之为人矣。

虽然,大丈夫世为几人,侥幸成名者,孰非利用猫爪之徒哉？

(宁)

祝氏父子（第五十九）

居山者立栅防兽，近河者筑堤防水，情也，亦势也。然立栅者必不故引虎狼之群而与之斗，筑堤者必不故引泛滥之流而弄之嬉。祝家庄地近梁山，联村自保，无可非议，顾祝太公听栾廷玉之言，仅恃其三子一勇之夫，乃居心积虑，以与近在咫尺之洪水猛兽挑战，螳臂挡车，何其不自量乎？

祝氏父子与梁山无仇，梁山亦未尝有所干犯祝家庄，根本无私怨可言，若曰为公联村自卫，其事已足，既无朝廷之召命，又无桑梓之委托，磨刀霍霍，旦夕扬言，将踏平水泊，是果何所见何所闻而来？观乎其子屡言解梁山贼入京请功，是则全盘计划，无非向蔡、童之门作敲门砖而已，其招灭门之祸，孽由自作，不足怜也。

使祝家庄人善自为计，内当深沟高垒，屯兵养马，以防封豕长蛇；外则重币甘言，以事道途上梁山外来之人。弱于外而强于中，梁山诸人，正在倡言忠义，争取邻近民众，彼不必来犯，亦不敢轻犯矣。即万一欲图功为官，亦当上请东京方面之命，下得州县旗鼓之应，庶几名正言顺，进退有据，今乃一意孤行，擅自发难，卒使欲填平水泊之人，反为水泊所荡涤。祝氏父子死不足责，而被荡涤中之祝家数千人口，未免冤矣。吾侪小民，唯有祷告上苍勿降生好大喜功之英雄。

（渝）

曾氏父子（第六十）

祝家庄与梁山不两立，曾头市亦与梁山不两立。祝家庄有一太公放纵其三子，曾头市亦有太公放纵其五子，祝家庄有一教师栾廷玉唆使斗狠，曾头市亦有教师史文恭唆使斗狠，若是乎依样葫芦，均为抱薪救火者矣。然曾家父子不得与祝氏并论也，祝家庄紧邻梁山，原意出于自卫，曾头市远在凌州，无须防范梁山。祝太公身为朝奉，虽属散职，自动为国平盗，尚可振振有词。曾则侨居之金国人，中国有盗，何预尔事？是则曾头市集结五七千人马，乃孟子所谓牵牛入人之田而夺之。彼曰向东京请功，实为托辞。时金方眈眈关以内之辽宋，安知彼非包藏祸心，欲并吞梁山之众，然后于强大之余，以里应外合乎？

虽然，宋室有盗未能平，而乃听令客居之异族，厉兵秣马以图之，是何异家有不肖子，而拱手让入室之盗鞭挞之也，可耻也夫！至曾氏之灭族，亦于祝氏，不但不足惜，反当为之浮一大白也。"水浒"当年，不应称女真人曰大金国人，原传称曾太公如此，疑是元代或南宋编"水浒"者所加，于全国无异族如何时，借李逵等之刀斧，以灭此一群祸水，作者亦有心人哉！

(渝)

洪教头（第六十一）

事有不经见，见之即以为可畏者，如吴牛喘月是。事又不经见，见之即以为不足畏者，如桀犬吠尧是。若洪教头之与林冲，殆近于后者矣。洪教头初见林冲，以为是个贼配军，此犹可曰不知其来头，既而闻其是江湖闻名之豹子头林冲，既而又闻其是东京八十万禁军教头，而犹以为不足一击。是则洪教头者，固未尝置身江湖，遍交朋友，不知有所谓豹子头。更且聪明蔽塞，不知东京八十万禁军教头，非人人得而为之也。以此等人而为教头，而且忝然作柴进之座上客，焉得有何本领？古谚有云，知己知彼，百战百胜。是知己而不知彼，犹不能战，如洪教头者，连自家本领，究达若何程度，能打若干人，恐亦未晓也。既不知彼，又不知己，盲人瞎马，焉得而不败也耶？

吾不知洪教头于地上扶起来之后，满面羞惭，自投庄外而去之际，亦尝思及歪戴着头巾，挺着脯子，来到后堂之时否？而曰忆之，则自今以后，或不敢歪戴着头巾，挺着脯子，以相天下士乎？人在得意之日，视天下事如不足为，孰不歪戴着头巾，挺着脯子向人？而不知正其衣冠，低声下气者，正窃笑于旁也。歪戴着头巾之英雄好汉乎？曷为正之！

（宁）

林冲水寨大并火

王伦(第六十二)

人有恒言："疑人勿用，用人勿疑。"用之而又疑之，疑之而又抑屈之，此真自败之道也。王伦一酸腐秀才，充其量而高抬之，亦不过萧让、金大坚之流亚，乌足为方圆八百里水泊之魁。王果自量，则林冲入伙之时，当厚款以使之安，晁盖投奔之日，更举位以相让。世未有必谋于我无损之人而后快者，则论功行赏，王之备位"水浒"，不必在杜迁、宋万之下。而王既拒林冲于先，复纳之于后，纳之矣，且又处处予以难堪，此正于宋江、晁盖辈所为，相处反面，开门揖盗，且挑衅焉。即无晁、阮等小夺泊之一幕，王又未必能免于林冲之手也。

人读《水浒》王伦传，每觉其狭窄可恶，吾则为之抚案长叹。及王之被杀，人每为拍案称快，吾又惜其糊涂可怜。吾非哭者人情笑者不可测之例，良以天下愚而好自用，贱而好自专之流，辄至死而不悟。用佛眼观之，只觉此等人日觅尽头之路而已，良可惋惜也。

或曰："然则林冲入伙之时，王始终拒之，或免于难乎？"吾曰："不然。夫八百里之水泊，天下英雄，谁未得而闻之？林、晁即不来，他人亦必取而自代。况晁、阮等巢穴，近在咫尺，宝藏置于旁，将谓其熟视无睹耶？传谓象有齿以焚其身，王伦之谓矣。秀才可怜哉！"

(平)

假李逵剪径劫单人

李鬼（即假李逵 第六十三）

孟子曰："孩提之童，无不知爱其亲也。"何者？提携喂哺之事，舍其亲莫属，而声音笑貌，又惟其亲最熟也。故人子之于孝非必待贤者之启迪，而已成为自然之习惯。及其既长，受外物之引诱，因私欲之增厚，往往觉目前之义务所不应为，至于今日，遂有非孝之论，其实夜气勃生，晨钟初动之际，恒觉人所得于其亲者多，而亲得于我者薄。于是乎孝之为美德而足以博人之同情，无论贤不肖，知其当然也。于是乎因孝之为美德，足以博人之同情，而有以能孝夸示于人以猎取虚名者矣。嗟夫！吾读施耐庵先生写假李逵事，吾知世人之孝其亲，亦成为一种作用矣，可胜叹哉！

当李逵举斧，将杀李鬼之时，李鬼乃以家中因有个九十岁的老母，待之赡养为词，以欺李逵，李逵亦觉自来取母，而杀养母之子，为天地所不容，遂赠金而释之去，此在黑旋风之所为，诚是孝思不匮，永锡尔类。即在李鬼，又何尝不知作强盗养母，犹有可恕者在也。然其家中固无母，无母而有一满面涂着脂粉鬓插野花之妇人焉。而此妇人者，实乃李鬼剪径以养之。所谓九十岁老母，即伊取而代之欤？天下养其母者，何往不如是也？

吾人慎毋谓作者写作一段，乃插科打诨之谑语，天下之为人子而不养其亲者，盖不免心动矣。

（平）

韩伯龙（第六十四）

昔有嘲吹法螺者，举一谐谈相告，其辞曰：一老妇致信于人，而其后赘以通信地址，谓有信直寄南京，头品顶戴，双眼花翎，御赐黄马褂，两江总督衙门，交左隔壁裁缝铺王妈妈收便是。当读信者读至上项官衔时，直是一句一心跳，一跳一汗下，及至交左隔壁裁缝铺王妈妈，则又不禁哑然失笑，笑且不可抑也。

大凡荣利之心，尽人而有。上焉者，力自为谋，次焉者依草附木，下焉者则招摇撞骗，极冒滥之能事。事而至于冒滥，本不必有所根据。幸而略有可沾染，若王妈妈隔壁之两江总督，又焉能漠然置之耶？韩伯龙之于梁山，虽未发生关系，然而得头领朱贵之允许，权在村中卖酒，此不仅是总督衙门左隔壁，且进一步而与衙门中上差戈什办差。于是欣欣然举以告人曰：我亦制台大人门下之官，本不为过。故韩伯龙谓老爷是梁山泊好汉，要惊得李逵屁滚尿流，实亦自觉其言之当。而初不料不怕不识货，只怕货比货，适为小巫见大巫也。而李逵暗思却又哪里认得这个鸟人。以老爷与鸟人作对，真是绝倒。吾不知逢人以老爷自命者，亦有以鸟人视之者乎？恐其自身亦不得而知矣。

嗟夫！世之冠盖憧憧，舟车鱼鹿，饮食征逐者，何往而非，韩伯龙之徒耶？尽数惩之，恐不免视人头如量豆。质之上天好生之德，孰得忍而惩之？李二哥独于一韩伯龙而以板斧相试，未免所见不广矣。如韩伯龙者，殆有命焉。

(平)

张旺(第六十五)

古人有言,名医之子死于病,又云,善泳者死于水,此非谓精于某事,某事适以害之。盖既精其技,必易其事。既易其事,则粗疏大意,无所不至矣。

浪里白条张顺,身负金银包裹,误入截江鬼张旺舟上。旺乘其睡熟,捆而沉诸江。恍然顺兄张横,欲宋江吃板刀面之一幕。顺兄弟纵横小孤山下十余年,日日如此谋人,当他人婉转哀求于船板刀影下之时,亦能料及今日向人乞求,但得完尸,便不作鬼来缠之事乎?张旺何足道,张旺之为社会作一把镜子,令人读之真咨嗟不息不已也。

泥里鳅孙五,与旺作隐德生涯有日矣。今见张顺送如许金银上船,死顺之后,必可与旺共享此物,不料一声五哥入舱,而自己之脑袋已落,孙见了金银,尚有朋友,却忘了旺看到金银,早无人头。以干干脆脆言之,既为强盗,截江鬼做人之法是也。不然,此一包金银,足够二人一幕斗争,则徒留麻烦矣。

至顺出水不死,二次遇之,卒得手刃旺肉,浅肤之读者,必引为快。吾以为只是将一把人生镜子,重复照将几下。善读《水浒》者,先必怃然而起,继则猛然省悟,终则渗渗汗下,曰:从此吾不欺骗,从此吾不凶暴,从此吾不傲慢也,更无论杀人矣。

(平)

张三 李四（第六十六）

东京而有泼皮成群，是朝廷法律不足以管束也。大相国寺菜圃为泼皮讹诈掳掠之所，是佛家道德不足以劝化也。而鲁智深右脚踢倒青草蛇李四，左脚踢倒过街老鼠张三，于是二三十个破落户，目定口呆，唯命是听，是赵官家与如来佛所无可如何者，花和尚以双足代之，乃绰有余裕。天下有是理乎？此非写鲁师傅之能耐，乃写张三、李四与众泼皮自有其中心思想，其思想为何，即硬碰硬，打得赢我者，我服之而已。不解其道，此张伯伦之全盘失败之于慕尼黑也。悟其道，此盟军于西西里打得意军落花流水而投降也。

张三、李四于粪窖爬起之后，牵豚担酒，于庙宇中尊和尚而上座之，和尚恐其犹服之不彻底也，乃倒拔垂杨树以吓之，于是众泼皮死心塌地，好汉之，师傅之，甚至罗汉菩萨之，唯有摇尾乞怜，求和尚之羽翼。世间均以泼皮之不要脸不要命为最难治之民，观于此，岂真难治也哉？国际上之花和尚出，左脚踢希特勒于欧洲大陆，右脚踢东条于太平洋，德日之民，牵豚担酒尊其人于上座，正亦指顾间事耳。使三十年来，世界早有一二鲁智深，则希特勒、墨索里尼安得无赖于一时？今而后，四强当知所自谋矣。

（渝）

董超　薛霸(第六十七)

　　读林冲、卢俊义两传,未有不痛恨解差董超、薛霸者。夫编《水浒》之施罗,何暇写此两个刁徒,殆不过为此阶级作一线之暴露而已。若仅就两人而论,则董超为人,似较胜于薛霸。当陆虞侯贿买二人杀林冲时,董初颇踌躇。而薛则曰:"高太尉便叫你我死,也只得依他,莫说这官人又送银子与俺。"看得定,说得透,可想其久混公门,在势迫利诱之下,不知做翻了多少林冲与卢俊义。而董仿佛稍存忠厚,在高太尉叫你我死也只得依他一语中,犹能让林冲慢慢走,因之薛打骂林冲,董则宽慰之,薛将沸水泡林冲脚,董则搀扶之。及其解卢俊义也,李固贿赂二人杀卢,董亦仍曰:"只怕行不得。"而薛霸则直看银子说话,谓李固是好男子,把这件事结识了他,分明李固无叫你我死也只得依他之理,而只是为了银子要杀卢俊义而已。于是可悟董超两次踌躇,并非真踌躇。盖素日狼狈为奸,故作此态以索多金,遂至每有解案,辄不期照样搬演一番。如今日演双簧者一唱一做,自有定例。因之高俅虽有权要他死,亦不得不向之行贿。若真以为此中亦有善类,则惑矣。

　　或又以为《水浒》写董、薛在开封解林冲未死,故写其刺配大名,又复为公人,又复欲受贿杀人,卒致于死。当日虽逃生于鲁智深之杖,今日仍了账于燕青之箭。报应自是痛快,布局未免巧合。其实写《水浒》者,又何尝不欲写蔡京、高俅皆中此一箭,然果如此写之,则《水浒》不复有矣。此古今天下无可奈何事,特死此二竖,聊以快意云耳。且董、薛一再作恶,彼正亦熟视其俦为之已久，无偿事者，故毫无所忌惮。卢俊义在松林中亦遇救星，彼固未料有此巧事也，诛此小竖，犹不免于求之巧合，此正《水浒》所以作耳。

(渝)

武大(第六十八)

古谚有云："天下无不是底父母，世间最难得者兄弟。"此十六字，至于民间思想进化之今日，吾不知尚可存在否也，吾亦不暇问尚可存在否也。然骨肉之间，其相处也久，其相知也易，则谓其结合亲爱，常异于凡人，或非过分之言。然而古今天下，其处骨肉之间，往往转不如与凡人相处之佳，此则质之哲学家心理学家不易解释者欤？

虽然，礼失而求诸野，若武大、武二者，则真能知兄弟难得者矣。武大一见武二，即曰：我怨你，又想你。对潘金莲曰："我兄弟不是这等人，从来老实。"由先言之，无隐也。由后言之，笃信也。见骨肉便吐真言，犹非人所难为。若不听床头人言，相信得兄弟从来老实，此非肩挑负贩，从来不读书人所能为。吾不图于卖炊饼之武大能见之矣。当武松拜别之时，武大坠泪曰："兄弟去了。"吾读至此，辄掩卷小歇，亦不期有泪之欲下。在诗人所谓斜阳芳草，黯然销魂者，不如此四字之一字一泪，一泪一血也。若武大真能为兄者矣。

吾非谓武大郎完全为好人，至于丑而有美妻，以至被杀而犹可为之恕。然彼既善处兄弟之间，即取其善处兄弟之间而已。推重武大,亦正所以愧天下后世之不能相处于兄弟者也。

(平)

郓哥(第六十九)

郓哥以语激武大,其言甚巧,激之而为策划捉奸,其计亦甚周,至卒以送武大之命,则实非此黄口孺子所能料耳。盖光天化日之下,大庭广众之中,本夫而捉奸获双,固无不理直气壮可以取胜者。今西门庆悍然出头,踢伤本夫,街邻十目所视,无复敢问,实非人情。郓哥十余岁天真小儿,入世未深,彼乌得而知西门大官人乃非人情中之产物乎?

武大,忠厚人,慈兄也。郓哥,天真人,孝子也。以慈兄孝子,秉天真忠厚,以与奸猾市侩财势土豪相周旋,在蔡京、高俅当道之日,其失败固彰彰矣。虽然,卒有武松其人为之雪冤,此又孝子慈兄终不绝于天壤也。

(渝)

西门庆(第七十)

《水浒》,愤书也。暴露朝廷人物之罪,暴露乡里人物之罪,亦复暴露市井人物之罪。若西门庆者,勾结官府,欺压良善,正是当代一种典型人物,作者乌得放松而不写之?读《水浒》者见其贿买王婆,奸淫金莲,毒杀武大,便觉其人可恶,吾则观其恶迹不在此。彼一开生药铺人物耳,满城人称之曰西门大官人。其在社会上积威可想,奸人妻,夺人命,当时大事也。彼公然托情于何九叔,焚尸灭迹,何恭敬受命,默然无言。其在社会上积威又可想。既犯奸淫且复杀人矣,而其来往紫石街如故,虽紫石街无人不知。且终日与金莲饮酒作乐,人亦无敢言者,其在社会上积威更可想。直至武松回来,县衙告状,磨刀霍霍,杀机已动,而西门庆犹挟两粉头与一客人在酒楼作乐。是其人眼中无王法,无阳谷县全县市民,无徒手杀虎之武松。骄妄至此,谁实为之?岂一爿生药铺,有此力量乎?知之者曰:此宋室失败之证也。

在朝廷有蔡京、高俅之徒作恶,在市井有郑屠、西门庆之流作恶,在田野有毛太公、殷天锡之流作恶,几何而不令人上梁山哉?

(宁)

潘老丈(第七十一)

其人业屠,择婿则为节级而兼刽子手。而其婿之结义兄弟,下榻相待者,又为屠宰世家。聚操刀杀人宰豚之徒于一家,世真有此巧事。不特此也,而潘老丈之干儿,则为站立极端反面之和尚。善戏谑兮,耐庵、贯中两先生,故于此有所寄其讽刺欤?

以巧云为之女,以杨雄为之婿,又以海阇黎为之干儿,共爱之则势所不许,偏爱之则情有不能。于是送巧云赴报恩寺了心愿,能醉得人事不知,昏然大睡。唐代宗谓郭子仪曰:"不痴不聋,不作阿家阿翁。"老丈有焉。其实事到那时,海和尚即不以烈酒享之,而代之以白水,老丈亦未有不醉之理也。老丈是醉人,亦大是趣人。置此等身手于社会,富贵固不难也,而丈乃以屠老,亦有幸不幸欤。

(渝)

海阇黎(第七十二)

　　海阇黎原非和尚,乃绣线铺小官人裴如海,而潘巧云父亲之干儿也。想当年如海在家,巧云未嫁,春光烂漫,兄妹为之,亦今日至上之恋爱。特不知如海何以而在报恩寺出家,遂使潘不得不嫁王押司,王押司死,如海仍为和尚,潘又只好再嫁杨雄,观其与如海幽会之第一次,即曰:"我已寻思一条计了。"是其数年来,为王氏妇为杨氏妇,而实未尝一日忘其干哥也。以今日之恋爱至上言之,巧云盖极忠于裴如海者。实无罪。即有罪,罪亦不至死。然杀潘者非石秀、杨雄,而又裴如海也。何以言之?裴如海既为和尚多年,犹不忘巧云,则其当日情浓可知。情浓矣,即不应舍巧云出家。出家或非本愿,犹云被迫不得已也。及既为方丈,并无管头(书中未言海是方丈,然观其排场,分明一寺之主),而王押司又死,正好一人还俗,一人改醮。而和尚贪恋方丈一席,计不出此,仍欲一面做和尚享清福,一面通情人了夙愿,固非真知恋爱至上者。吾闻为情人,有敝屣江山者矣。海本一和尚而不能舍之,则亦不足与言情也已。对此不足言情者,潘巧云明知"我的老公不是好惹的",乃冒杀身之祸以恋之,钓者负鱼,鱼何负于钓者?

于此,而予知爱做和尚者,亦有甚于好色者也。而更知为解脱做和尚,做了和尚亦有其人更不易解脱者也。海本绣线铺小官人,何足与言大道,自不得以此责之。然由是可悟一事,即一面板了面孔占清高地位,一面偷偷摸摸,捡小人便宜,意在两兼之,终必两失之耳。

(渝)

张文远(第七十三)

宋江善弄权术,伪行侠义,天下英雄,尽入彀中。而其同房作押司之张文远,独不得而笼纳之。不仅不受笼纳之而已,宋江纳阎惜娇,张一见而通之。宋江杀阎惜娇,张又唆阎婆告之。卒至众向张说情,宋始得避于死。张之狡猾,其有胜于宋欤? 不然,及时雨手置之乌龙院,正太岁头上土,张安得明目张胆往来于其间耶?以宋之诈,与张相处之亲,竟忘其为风流浪子,邀之至乌龙同饮。引狼入室,卒成大祸。此非宋之昧昧,必张之交友之术,足使宋堕入术中而不知也。

专制时代之公门中人,本鲜善类。窥张貌似风雅,又必读书人物出身。此辈不得志,吮痈舐痔,无所不至。及小得志,则飞扬跋扈,又无所不为。"礼义廉耻"四字,其字典中盖未尝有,况友道乎? 与此等人为友,自杀之道也。《红楼梦》贾府清客,《金瓶梅》西门帮闲,大抵均属张文远一流。其才可爱,其人格可鄙,其手腕又复可畏。涉迹社会,毕生不逢其人可也。虽然,又安得一一而避之?

(宁)

黄文炳(第七十四)

满清时,有文武两一品官,同居一城。偶因小隙,遂不相能。文官诟武官曰:尔之大红顶,为人血所染成,吾望之而生畏,因上有冤魂无数也。武官亦诟文官曰:尔之大红顶,为黄金白银,娈童少女,燕窝鱼翅,朝靴手本,合无数之杂物以凑成。吾见之而作恶,因上有奇臭也。或告之于更高一级人员,此公笑曰:此二人皆无望之人也。大红顶岂有白来者乎?能者,且将以人血与黄金白银等物,合而铸之矣。此公之言,可谓透彻之至,而通判黄文炳得其道焉。

黄闲住无为州,与浔阳有一江之隔,观其与蔡九知府能共机密,则江上奔波之烦,可得而知。然蔡九一郡官也,尚不能起用通判。既已心许黄氏,则不得不更求于其父蔡京,于是黄氏于黄金白银,娈童少女,燕窝鱼翅之外,更须供献人血矣。宋江心机败露,醉题反诗,适以为文炳造机会耳。即无此诗,即无宋江之来,文炳亦必别觅人血,建功以博宰相之欢也。故宋江而不被拘,则冥冥之中有若干人当死。他人冤矣。宋江被拘,毋庸他人供血,冥冥之中,不知已救谁何。然梁山贼来救宋江,血染浔阳江口,全浔阳城,又冤矣。总之,有黄文炳之奔走权门;被冤而供血者,势必有人也,吾侪小民,其如此辈图功博禄者何!

(平)

高衙内(第七十五)

中国人有言,一代做官,七代打砖。味其意,若涉于阴骘报应。以为做官者必虐民,虐民而犹得富贵终身,则其子孙必穷苦七代而后已。其实果能打砖,系自食其力者,宁非好人?兹所谓打砖,必鸡鸣狗盗之徒耳。

做官之后代,何以必至打砖。必以报应为理由,则非科学昌明时代之所宜有。若就吾人之意言之,其理实浅,做官人家有钱,广置田产,使子孙习于懒惰,一也。做官人家有势,使子孙骄傲成性,目空一切,二也。做官人家,必多宵小趋奉,不得主人而趋奉之,则趋奉幼主。官之子孙,易仗财使势,无恶不作,三也。有此三因,做官后代,安得而不堕落乎?

以高俅为之父,以陆虞侯等为之友,更以太尉衙门众人为之捧场,纵为圣人,恐亦不免有所濡染。而高衙内既未读书,又无家训,苟有大欲,何所顾惜而不求之?人见其侮辱林冲,则切齿痛恨,以为可杀。吾窃以为罪不在高衙内也。

世无网,鱼不得死。世无弹,鸟不得死。鱼鸟死矣,吾人得以罪加于网与弹乎?网与弹固不能有力死鱼与鸟也。吾人独责高衙内,何哉?

(平)

高俅（第七十六）

戴宗之发迹也，以脚，以其能神行也。高俅之发迹也，亦以脚，以其就蹴球也。戴以脚而遇宋江，为盗薮之头领。高以脚遇徽宗，则为朝廷之太尉。是神行之技不如蹴球之技之可贵乎？非也，所遇者有朝野贵贱之别耳。使徽宗与宋江异地而处，则高俅不过乐和宋清之选，而戴之必为太尉，可断言也。若论其所以尽职守，戴于宋江，犹能赴汤蹈火，屡赞军机。若高之于宋徽宗，则吾见其一朝权在手便把令来行，第一件事是欲杀王进，第二件事是欲杀林冲而已。以是而宋江与宋徽宗人品之高下可知也。虽然，以高俅之聪明，无逊蔡京、王黼处，其得为太尉也，亦宜。

有蹴球太尉一类人物，而赵宋遂南。于是有蟋蟀相公犬吠侍郎一类人物，而南宋遂亡。谁谓《水浒》无春秋之笔法哉？写《水浒》自高俅写起，善读史者，必读《水浒》。

（渝）

蔡京（第七十七）

梁山贼寇，围大名府既急；梁中书即函致太师蔡京求援。蔡得函，召集枢密使三衙太尉等，在节堂商议。将大名危急之状，备细言之，问计将安出？于是众官面面相觑，各有惧色。予《水浒传》，每至此处，辄为喟然长叹。知所谓尊如堂堂太师，及衮衮枢密院三官之众,其才亦不过如匹夫匹妇,闻贼将来,则噤若寒蝉,牙齿对击作声。乃至贼至,敏捷者逾墙而走,抱头鼠窜而去。迂缓者即走床上,以被蒙首,束手待缚。吾人以为宰辅之官,便有燮理之才,不亦大误哉?

夫不幸而有梁山贼猖獗,今日窜山东,明日犯河北,斯见宋室之官皆无能为耳。若令天下太平,烽烟不举,则彼堂堂衮衮者流,出门既前拥卤簿,家居又后随女乐。庄严之间,杂以豪华,真个人在天上,如不可望,量比海深,如不可测。彼自尊为皋伊,孰得管乐之?彼自视为萧曹,孰得操莽之?吾于是知古今太平之时,其侥幸而为名宦贤辅者,亦不过适逢其会,使遇告急文书,相商计将安出之际,不亦面面相觑,各有惧色也耶?

彼宋江等一百零八人,横行河朔,目无宋室,岂河朔之大,而无此一百八人何者?正无奈此面面相觑者何耳,然则举世汹汹,欲得而甘心之蔡太师,亦不过如此而已。

(平)

梁中书(第七十八)

岳为宰相,婿作中书,此在官场,自属人情,顾蔡京平常一生日也,梁千里致贺,乃须值十万贯之金珠,谓翁婿之间,其贿赂授受,当倍值于常人乎,则人情不应如是。谓婿且贺十万贯,常人更当倍之,则又骇人听闻。吾侪不能置身于蔡、梁之间,固不能度此为如何一本糊涂账也。

观于梁一次生辰纲被劫,乃办二次。则二次又被劫,其不能废然中止,所可断言。梁中书无点金之术,似此源源为太师寿者,灭门破家之人不知有几矣。大名百姓,身受其祸,初无间言,而宵小觊觎,借不义之财之名以劫之,不徒无补于大名百姓毫厘。且使梁中书欲弥其缺憾,一而再,再而三,更取索于百姓。蔡京何损?梁中书何损?所难堪者大宋之民耳。晁盖、吴用以为所劫是蔡太师、梁中书之钱,殆亦不思之甚矣。

终《水浒》之书,梁中书均留任大名,虽兵败城破,而贼去梁氏回署,其为官也如故,是则富于弹性,亦善为官者矣。竟谓蔡京内举不避亲也,亦可!

(渝)

蔡九知府(第七十九)

宋史载蔡攸为人,毒辣专横,贪墨荒淫,均甚于乃父,而《水浒》所写蔡得章,则愚戆无知,随人左右,绝异其父兄,意者,高明之家,鬼瞰其室,不出豺狼,即出豚犬乎?蔡得章既为蔡京第九子,更以时在宣和以前计之,则其年龄,似不得超出三十岁。以二十余龄之纨绔小儿,乳臭未干,竟任之为一府之长,宋室视政治为儿戏,可见一斑。《水浒》之作,去蔡、贯之时代未久,父老传言,可能事有所本,不必谓其人出小说,即纯为虚构也。

戴宗在白龙庙中,曾谓江州城内有五七千军马。承平之时,一城守军若此,不为不多。而乃听令十七个便衣强人,带八九十个喽啰,法场劫囚,血染街衢,自蔡九知府以下,全城文武,始无一不为酒囊饭袋矣。观于梁山亦曾向大名劫牢反狱,则先散揭帖,后兴大兵,固未敢视江州之如此易与也。然则谓朝里有人,即以乳臭小儿,出任巨艰,为朝中人自计,实亦非如意算盘,请问,设不幸众盗真信李逵之言,杀入城中,砍掉那个鸟蔡九知府,岂不大背蔡京舐犊深情乎?

(渝)

林冲娘子(第八十)

《水浒》写青年妇女,甚少许可,而独写林冲娘子张氏,则刚健婀娜,如春兰夏莲秋菊冬梅芳烈绝伦。虽着色不多,在其二三言行间,亦感强烈中有婉顺,而婉顺中又有强烈。今之谋妻者,辄作过分之想,须有时代的思想,摩登的姿态,封建的贞操,此极大矛盾的条件,焉有可能,然使林冲娘子生于今日,则几乎近之矣。试释之,其与林冲恩爱,三年不曾红脸,则当年之时代思想也。高衙内一见而色授魂与,是其有摩登的姿态也。一死自了,不受污辱,则绝对封建的贞操也。人生而得妻如此,真无憾也夫!

《水浒》人物,入伙之后,辄接眷属入山,以除后顾之忧,即如徐宁家在东京,亦未例外。而林冲娘子,独不令其入山,读者颇为惋惜,不知此正作者写其成为一完人也。否则春兰夏莲秋菊冬梅,终亦不免为一盗妇,更可惜矣!林冲为人,不欲人负,亦不负人,而对其妻张氏、其岳张教头,则负之良深。盖林不为盗,张氏父女或终不至被迫而死也。有志之士,辄以不负人自许,谈何易哉!谈何易哉!

(渝)

潘金莲(第八十一)

《水浒》一书,辄爱写女色之害,使罗贯中、施耐庵先生于今日,则侮辱女性之罪,当不待秦始皇之复出,而可以烧其书。虽然,施先生之所说,究为悟彻见到之言,吾人慎勿徒赏其十分光之波折文字也。

窃以为潘金莲之淫恶,一半由于天性使然,一半亦由于环境逼促。以西门庆之著名浪子,乃一见而色授魂与,则潘氏姿色妖艳,可以想见。今潘不得才子而嫁之,不得英雄而嫁之,不得达官贵人而嫁之,亦并不得风流浪子而嫁之,而月夕花晨,明镜青灯之间,惟与一卖炊饼之三寸丁谷树皮相伴。彼初未知何者为礼教,何者为妇道,则其顾影自怜,辄生外心,又焉得不为人情中事耶?

夫以潘之美,本易招蜂引蝶,又兼其小智小慧,在在非武所堪。为武大计,正当视此妇人为蛇蝎而远避之。今无弄蛇之技,而玩蛇于股掌之上,其终必被噬,宁有疑义。武之死,潘固有罪,而武亦未尝无招杀之道也。天下后世不少想吃天鹅肉之癞蛤蟆,吾安得一一以潘金莲传示之哉!

(宁)

淫妇药鸩武大郎

宋江怒杀阎婆惜

阎婆惜(第八十二)

宋江生平以银子买人,阎婆惜则不得而买之。宋江生平以仗义疏财自负,阎婆惜则谓为公人见钱,如蝇子见血。宋江素以忠信见重于江湖,阎婆惜则对其三天限期信不过。总而言之,人对宋江之佳处,阎婆惜均一笔抹杀之而已,然则阎婆惜之所为,是欤!非欤?吾曰:他人以此眼光看宋江则可,惜则不可,何则?(一)惜本妓女,其身固不免为人买。(二)惜丧父,宋实殡葬之,原来并无所图。(三)惜既知其通盗,宋虽得还其信,然亦决不敢得罪之。故宋纵负人,并未尝负惜。宋纵欺人,必不敢欺惜。惜不此之悟,而对宋独著著进逼,此固有以促急兔之反噬矣。

古人谓名与器不可以假人,阎婆惜没收宋江之信,则并其生死之权,而亦假而有之,其计狡,其手辣,令人不能不佩服其聪明。类彼有挟之之谋,而无挟之之力,无挟之之力,而犹努力以挟之,螳臂当车,能免碎其身乎,吾愿天下后世许多伶俐女子,慎勿到处卖弄聪明,而结果反为聪明所误也。

俗传蜂子以尾针螫人,事毕则其针亦断而死,此事且不必质之动物学者以问其确否。假曰如是,是蜂之螫人,必认在无可幸免而后为之。是则螫亦死,不螫亦死,何如螫之以缓死须臾,宋江之杀惜,蜂螫人之类也,然则惜之被杀也,惜自杀之而已。

(平)

刘知寨夫人（第八十三）

孔氏之说，以德报德，以直报怨，执中也。释氏之说，以德忘德，以德报怨，六根清净也。耶氏之说，以德报德，以德报怨，博爱也。世之任何人类，任何宗教，未有主张以怨报德者。即降而至于老妈之论，犹有人敬我一尺，我敬人一丈之言。奈之何刘知寨老婆，因宋江生身之德，而认识其人，因认识其人，而遂欲杀之以自快耶？执是以论，大叫刀下留人者，不亦危乎！

吾知之矣，当刘知寨老婆，转出屏风之时，曾骂宋江曰："你这厮在山上时，大剌剌地坐在中间交椅上，由我叫大王，哪里睬人？"然则恭人之不释于心者，只为此耳。但于恭人在山上见着宋江，左一句侍儿，右一句侍儿，又谁致之？先宋江道了三个万福，后来插烛也似拜谢宋江，更谁致之？当其时岂能嫌宋江大剌剌地坐在交椅上耶！况宋江对王英之一跪，尤肯下身份，固不曾大剌剌地坐在交椅上乎？纵曰有焉，于人大剌剌地坐在交椅上则记之，于人代我下拜则不记之。于我称人为大王则记之，于人称我为恭人则不记之，此亦就事论事，而无以自圆其说者也。

虽然，不必宋江被缚而后，已知妇人必忘其德矣。当其下山时，告众军曰：那厮捉我到山寨里，见我说道是刘知寨的夫人，吓得慌忙拜我，便叫轿夫送我下山来。此其言，便以求人释放为耻矣，何为不忍缚宋江耶？自今而后，戒杀放生，亦必斟酌而后可行也。

（平）

王婆（第八十四）

　　五字诀，十分光，不图登徒子已尽得王婆之赐，即士大夫之流，亦复于茶余酒后笑谈及之矣。王婆亦人杰也哉！

　　夫以西门庆之奸猾，潘金莲之精明，均非易与之流，而王婆指挥若定，如是傀儡而舞，是其人奸猾精明，固有在此一对男女之上者。顾彼独忘却武大有一弟是打虎英雄，而更忘却此一对男女公然取乐，已为人所尽知，终必有以达于武松之耳。智者千虑，必有一失，其信然欤？且由武松告状不准，领士兵强拉街邻入宴，以至于闭户祭灵，亦层次有杀人之一分光至若干分光矣，而乃与潘金莲一样，存"看他怎地"之心，必使武松拔出尖刀而后瞠目相视，不可解也！同一几分光也，何独辨于利之至而昧于祸之降乎？吾不免曰："西门庆是色胆天大，王婆是利令智昏。色字头上有把刀，人多能言之矣，利字旁边一把刀，举世皆昧昧焉。"好为干娘之事者，其读王婆传。

（渝）

潘巧云（第八十五）

　　蛇，毒物也，而蛇丐习其性，则弄之股掌之上，无不如意。潘巧云之于杨雄也，明知其不是好惹的，唯既习其性，则敢于家中斋荐其前夫王押司，则敢于家中幽会干兄和尚海阇黎，则敢于石秀揭破秘密之后，以几句巧言，两行眼泪，使杨雄忘结义之盟而逐之。以视阎惜娇泼辣若有不足,以视潘金莲则聪明过之矣。此真得蛇丐之诀者。

虽然,天下蛇,蛇丐不尽能弄之也。杨雄一蛇,石秀亦一蛇。潘以视彼蛇者视此蛇,遂终不免为蛇所噬。此亦蛇丐之不无失事者,正相同耳。昔人有言,好武者,死于兵,善泅者,死于溺,若有可信焉。泼辣而聪明之人,其慎之哉!其慎之哉!

(渝)

何道士(第八十六)

俞仲华作《荡寇志》,未解《水浒》真义——诛之始已。因欲状宋江、吴用之奸,乃言天降石碣,是宋、吴勾通何道士所构骗局。抉隐摘微,曲尽描写,若自视为得意之笔,实则此不过枭雄惯技,毫末足奇,略一点破之,已足矣。于此等处求宋江之奸,徒为何道士见笑耳。

古之创业帝王或割据僭号者,以及集众生事之徒,无不托之神迹,以壮其权威。虽成则圣瑞,败则骗局,聪明人未尝不知。然以其于一时一地,可以欺惑民众,以资号召,后人往往踵前人而为之。如刘邦斩蛇泽中,刘裕即射蛇荻内。赵匡胤降生夹马营火光烛天,朱元璋降生太平乡,亦复如是。史家大书特书,不以其欺为讽也。宋江既志不在小,类此等事,何得不为?故石碣上之龙章凤篆,直谓是宋江命何道士自书而自译之,亦非意外。且此项龙章凤篆,仅何道士认识,即令非其所书,而他人不识,何道士亦得随意译之,以迎合宋江之意,若何道士不为，以宋江之力，不难觅张道士李道士为之。彼固乐得撒谎，挣一注财帛也。

由是论之，何道士如遇伏羲，即可为《河图洛书》，如遇唐太宗，即可为《推背图》。今遇宋江，代译石碣，亦其职业然耳。而宋江之有是举，亦职业然耳。

(渝)

罗贯中　施耐庵(第八十七)

《水浒》一书，或曰：罗贯中为之。或曰：施耐庵为之。或曰：罗撰而施润泽之。不可考矣。然就断简残篇证之，大抵为宋元时民间无数个传说，经人笔之传之，搜罗而编辑之，成为一书，所可断言。其后或读而喜之，喜之而感不足，另有以增益之，又可断言，盖于《水浒》最初有百回本，有百十回本，有百十五回本，有百二十回本，有百二十四回本，有以知之也。

罗贯中爱作小说，夫尽人而能言之矣。至施耐庵之有无，其人则非后生所得知。顾不问有其人否，是书之笔之传之，编辑而润泽之，既有人在，而又其名不传，则以罗贯中外，即以是人为吾侪理想中之施耐庵可矣。

中国从来无鼓吹平民革命之书，有之，则自《水浒》始。而《水浒》不但鼓吹平民革命思想已也。其文乃尽去之乎者也，而代以恁么则个。于是瓜棚豆架之间，短衣跣足之徒，无不知重义轻财，无不知杀尽贪官污吏。虽今日绿林暴客，犹不免受罗、施两公之熏陶，而其教人以重武尚侠，未始不足补其过也。

《水浒》最初本之编成,当在金元之末。此其时,正外族凭凌,民不聊生之日也,而作者乃坦然作此书,以破忠君事上之积习,岂仅为人之所不敢言,抑且为人之所不能言矣。或曰:"元之亡,明之兴,流寇之乱,太平天国之纷扰十余年,与夫民间之一切秘密结社,无不受《水浒》之赐。"作者一支笔,支配民间思想盖四五百年焉。古今中外,与之抗手者,可觏也。施、罗真文坛怪杰也哉!

(宁)

金圣叹(第八十八)

论《水浒》曷为及于金圣叹?以其删改鼓吹之功,尚有未可尽没处也。中国人视小说为街谈巷议之言,金先生则名《水浒》为五才子,晋之于左、孟、庄、骚之列,《水浒传》原意拟宋江、吴用为侠客义士,金先生则画龙点睛,处处使其变为欺友盗世之徒,此其意。以为小说中固有文章,乃不可没。而又以为小说入人固深,盗不可诲也,一百数十回小说,断然斩之为七十回,缩之于卢俊义之一梦,在金之日,自有其时代背景,即至今日,功尤多于过。若谓改得不能尽如今人意,则属苛求矣。

《诗》《书》《易》《乐》与《礼》,先孔子而有之,非孔子删订,不能去芜取精,而有以授后人也。亚美利加洲,先哥伦布而有之,非哥伦布航海而发现之,又不知迟若干年而始与外人相见也。《水浒传》先金圣叹而有之,非金圣叹细加点窜,竭力赞扬,又决不能如今书之善美也,然则金固《水浒》之孔子与哥伦布矣。

圣叹于《水浒》改易处,辄注曰古本如是,实则正惜古本不能如是也。后人读《水浒》,能读圣叹外书者,十不得二三焉。能看出圣叹改易处者,更百不得一二焉。而金辄归功于古本,使施耐庵受其荣誉,施在天之灵,自当拈髯微笑,而以言圣叹,得不移痛哭古人之泪,以伤知音之少乎?七十回《水浒》有东都施耐庵一序,细察其文,固圣叹外书笔调也。而或者乃以此证明施耐庵实有其人,此又令金先生鼓手大笑转悲为喜于九泉,而欣然曰:"诸君堕吾术中矣。"

(宁)

拾遗[1]

何不读《水浒》

予寻与客论小说,推《水浒》《红楼梦》为此中巨擘。而客更又为之批评曰:《水浒》起得好,《红楼梦》收得好。言外之意,若谓《红楼梦》起得不好,《水浒》收得不好也。吾昔日亦常研究稗官家言,则客之批评。初不得认为非是。唯予对《水浒》收得不好之点,颇有所感。起改《水浒》之金圣叹相对,吾言如是。起作《水浒》之施耐庵相对,吾言仍如是也。

人谓《水浒》之收得不好者,以其不该坠下一块陨石,上列一百单八名之星榜也。但吾亦仔细思之。不是施耐庵收得不好,乃是施耐庵布局布得不好。更不是施耐庵布局布得不好,乃是形势所趋,不得不如此也。试思一部大书,将一百单八名好汉,零零碎碎,陆陆续续,一一置诸水泊,而其毕事也。乃不为算一篇总账,乌可得乎?此一篇总账,出之于论功行赏

---

[1] 此部分为编者所辑张恨水先生其他关于《水浒》的文章。

梁山泊英雄排座次

乎？非其他也。出之于安排一番乎？固已行之数四,而秩序不能一一详列也。出之于一一死却之乎？而又太费笔墨,且无此理也。无可如何,只得如此,于是以星榜结束之矣。

俞仲华作《荡寇志》,指星榜为宋江伪托,以为施耐庵写宋江奸诈,向不说明,此亦例也。施耐庵之立意是否如此,吾不得而知之。即俞仲华能为施耐庵解一层束缚,施耐庵之立意,是否如此,当亦不得而知之。然施耐庵或已明知收得不好,不能不如此,则必然之势也。何以谓之必然之势？曰：树高干大,枝叶蔓生,有以致之也。吾以为如施耐庵者,秋郊野马,电掣风驰,力尽筋疲,犹收得住,放得下,而更余韵锵然,犹是好手也。使他人处此,不知所可矣。

（原载1930年2月18日北平《世界晚报·夜光》）

武大

传有之：象有齿以焚其身。武大之被毒药杀死,武大自杀之也。夫以大之三寸丁谷树皮诨名观之,不但其身材矮小,且必奇黑。如此人材,与少女任牵骡引车之职,伊或不欲？况妻潘金莲人间尤物乎？武大不解此,以为放下帘子,关上大门,藏美妻于深楼,即可无事。不料巨祸之来,正在一挑也。愚哉武大！秦筑万里长城以防胡,且不二世,区区一门一帘,能何为也哉？

或以为武大特遇潘金莲耳。使遇另一美妇,当不至死。又不幸遇西门庆耳,使无此事,潘即纵欲,或亦不敢杀人。愚以为不然,一兔在野,百犬逐之。一金在道,百人夺之。清河县之大,泼皮大户多矣。彼岂尽无目者也?有目,则必欣金莲之美而欺武大之懦矣。苟遇辣者,虽白日杀其武大于野可也,岂止以药鸩之而已。为武大计,度德量力,唯有送此祸水出门耳,恋祸水而不能治,死矣!

(原载1935年10月3日上海《立报》)

宋江

自金圣叹批评之七十一回本《水浒》出,人乃悉知宋江为大奸大诈。然金对宋之看轻银子,仍甚许之。以为宋之长处在此。其实宋之用银子,亦只是其诈术之一端,所谓欲以取之,先故与之也。夫宋身为法吏,应知盗贼所为者何事,所触者何法。苟遇盗贼,理当鸣官。今彼则反是,广结亡命,结为弟兄。因是江湖不法之徒,无有不知宋三郎。从宽论之,宋非居心叵测,亦奖励作恶矣。人有钱做好事,何善不可举?必送粮于盗,以博英雄之名,其命意尚可问乎?

虽然,封建之世,人以做官为最高职业。官而可得,则为道良多。或求之于文字,或求之于血汗,或求之于金钱,或求之于奴仆婢妾。一切卑污行为,若宋江者,则求官于盗贼之途者也。其用心固险,而其所以谋为官者则一。当其在忠义堂摆香案接招安圣旨时,实无异于十年窗下,一榜及第,故就此事论之,则宋之自谋,亦只是求官手段不同而已。不责高俅以踢球而为太尉,而责宋江以做盗而为指挥,亦尚不得其平也。

呜呼!官而可求,不惜处心积虑以为盗,自赵宋已然矣。吾人何幸生于革命政府之下也!

（原载1935年10月7日上海《立报》）

西门庆何以有钱
——《水浒》人物评论之三

物以类集,在抗战前的一些时,不少文艺人捧潘金莲,以为她有革命性。换句话说,也就是捧西门庆。西门大官人,时代骄子哉!

在《金瓶梅》一书里,海淫是另一件事。但描写西门庆这个身兼土豪劣绅的典型人物,上敲官府之门,下联无类之党,活灵活现,不能说是作者向壁虚构。我们想到宋元政治腐败,权奸当道,普通人民受压迫,有养成西门庆这类人物的可能。因为下民易欺,官府易买,有几个钱的绅士,是无求不得的。唯其是无求不得,西门庆一个开药店的商人,可以妻妾成群,可以挥金似土,可以甲第连云。读《金瓶梅》《水浒传》的人,也许这样想,他的钱从哪里来? 其实,这没有什么难解,西门庆的钱,还是从经商得来。而经商之所以能发大财,依旧归到上面那十二个字:"下民易欺,官府易买,无求不得。"

（1940年5月1日）

萧让帮凶
——《水浒》人物评论之四

"秀才造反,三年不成。"这话不尽然,梁山泊里就先后有三个秀才。一是王伦,因不第而落草,仿佛事出无奈。二是吴用,那是怀才不遇,铤而走险。三是圣手书生萧让,为了吴用要造一封蔡京的假信,把他赚上山的,强盗做得最无所谓。

自然萧让真不肯落草,便是被赚上山,吴用也无奈何他。他首先对王矮虎说:"山寨里要我们何用?我两只手无缚鸡之力,只好吃饭。"他连金大坚的意思也代表了,并无不干强盗之意,只是怕干不来而已。本来做秀才的人个个都解得礼义廉耻,则国家有千千万万仁人志士可用,那由唐虞三代以来,永远是治平之世了。读圣贤书的人,岂能一定走做圣贤这条大路?萧让仿人笔迹,本是帮闲材料。今入了伙,却是帮凶。其替人捧场一也,何足責焉!

(1940 年 5 月 5 日)

高俅逼人
——《水浒》人物评论之五

俗言有一句话:"逼上梁山"。但《水浒传》上一百零八个好汉,真正被逼上山的,恐怕只有林冲一人。引这四字来作为恕词,是不甚恰当的。

但就大体说，宋时君是昏君，相是奸相，权奸当道，贿赂公行，安分的良民，无可为生，不安分的东西，铤而走险，整个梁山泊的产生，说是由朝廷逼出，也未尝不可。作《水浒》者在这个逼字上，很着重高俅，上台就无故找王进的错，逼得他逃上边疆。天下有多少王进？所以第二次逼林冲时，林冲就走上梁山这条路了。当高俅为他儿子害林冲时，他总想着手下一个武弁，有多大能为？他没有想到遍天下都是林冲，只待一个人去勾结成伙。作书者写高俅之一逼再逼终于逼出事来，是大有用意的。

(1940年5月8日)

《水浒》讥笑王安石

《水浒传》，世人称为是一部愤书，而这个愤是属于哪一方面的呢？我以为一言以蔽之：讥失政也。这书不但开始就写一个高俅幸进而已。而他所写被失政所反映出来的祸根，第一个便是保正晁盖，第二个又是押司宋江。上层的相辅是制造强盗，下层的胥吏简直作强盗。这个皮里阳秋的尺寸，我们想想已到什么程度？

宣和年间，去王安石变法不久，青苗、保甲等法，当还留在民间，而人民之穷，与夫保甲负责人之知法犯法，一至于此。这件事何待细究？若这书就出在王安石不死之日，苏老泉何必作什么《辨奸论》，送这样一部《水浒》给他看看，这位拗相公，也就无词以对了。谁说中国旧小说家言，不含有《春秋》

的褒贬？

（原载 1942 年 5 月 14 日重庆《新民报》）

保甲制度在《水浒传》里

王安石变法，大为宋儒所诟病，我们总笑程、苏之流，过于迂腐。可是"拗相公"的法，与人事不能配合，在《水浒》里暴露了一点，可资参考。

梁山的第一个首领，是晁盖。晁盖是个保正，相当于现代的联保主任，或保长。我们在小说上，看看他家是什么排场。做强盗的人，藏在他家里开会。雷横、朱仝两个都头（相当于现代的侦缉队连长或队长）捉到了嫌疑犯，各扰他一顿酒，拿他五两银子，就把人放了。他们智劫了生辰纲，犯了案，郓城县官要提他。押司宋江（相当于现代县政府的科长）却抢先去报信，让他们逃走。总而言之，这位保长窝藏宵小，勾结衙门，绝不干好事。这种现象，是创办保甲的拗相公所未曾梦想到的事吧？

"徒法不能以自行"。立法而不配合人事，弊过于利，是可断言的。

（原载 1942 年 12 月 2 日重庆《新民报》）

《水浒地理正误》(一)

我这篇里面所说的,是读《水浒传》的人,向来所忽略的一件事。而《水浒传》一个最大的缺点,就在这里。是什么呢?就是地理。

《水浒传》上所引的地名,有许多还和现在的地名相同,这是我们不必费考证的工夫,可以看得出来的。就是地名现在或有不用的,也很容易证得所在。我现在先把梁山泊老巢考证一下。在《水浒传》第十回上,柴进对林冲说出梁山所在。他说:"一是山东济州管下,一个水乡,地名梁山泊……"由此,我们知道作者以为梁山在山东济州了。我们再考一考济州。

东晋,在茌平西南,立城。后魏,设济州。隋,废济州。唐,在卢县设济州,河水冲废(卢县在现在长清县附近)。五代周,复设济州,在现在巨野县。宋,沿用周制。

据上面的沿革看来,我们知道那个时候的济州,就是巨野,决不是茌平,也不是金以后的济宁。这个地方不是平陆吗?何以周围有数百里的水泊呢?原来汶、济二水,从前在郓城之北,会合成湖,宋朝黄河决口,水又流入,所以成了很大一个湖泊。它的界限,南是郓城,北是寿张,东是东平。寿张的南方,有一个小山,名叫良山,后改为梁山。湖水大了,将山围在中间,所以名梁山泊。后来黄河淤塞了,济、汶二水,也改了道,就成为平陆。现在的雷夏泽,蜀山湖,是它的遗迹。

梁山泊的地方,既然如此,似乎不是宋济州附近。书上大书特书济州,无论是巨野或是茌平,都不对的。我们在这里,

宋公明班师回朝

还可以找个有力的证据:

> 《宋史目》:宋江起为盗,以三十六人,横行河朔,转掠十郡,官军莫敢撄其锋,知亳州侯蒙上书,言江才有大过人者,不若赦之,使讨方腊以自赎。帝命蒙知东平府,未赴而卒。

据此,可以知道要招抚梁山,用得着东平府。东平在济州北,当然梁山在济州北了。可是《水浒传》第十四回,吴用说阮氏三雄云:"这三人是弟兄三个在济州梁山泊边石碣村住。"又晁盖说:"石碣村离这里,只百十里以下路程。"按晁盖所住,在郓城县东门外东溪村,郓城在巨野之西北,靠近东平,何以晁盖要到梁山泊下边,转向南跑到百里路程的济州去呢?

《水浒地理正误》(二)

《宋史》上曾说道:宋江三十六人横行河朔,转掠十郡,官兵莫敢撄其锋。这样说来,也不过是在黄河以北,很为猖獗。转掠十郡,也不过鲁豫幽燕各处,离着梁山泊不远的地方,绝不能像天兵一般,可以在半空中来去,不论远近地干。但是《水浒传》上所载梁山军所到的地方,就神妙莫测,在全国都如入无人之境。现在以梁山为中心,把四围用兵的地方,统计于下:

梁山以北
大名府今为大名县(河北省)

高唐州今为高唐县(山东省)

祝家庄由蓟州到梁山之路上(山东省)

东昌府今为聊城县(山东省)

梁山以东

青州今为益都县(山东省)

曾头市在青州(山东省)

东平府今为东平县(山东省)

梁山以西

华州今为华县(陕西省)

少华山华州境南(陕西省)

梁山以南

江州今为九江县(江西省)

芒砀山今沛县境(江苏省)

无为军今无为县(安徽省)

以上各地,除了东北两部分而外,西南两处,是万说不过去的(三山聚义打青州,亦极荒谬,后详言之)。我们先说华州一战。

华州属陕西省,在潼关以内。若是由梁山去打华山,正是自东而西,非穿过河南不可。梁山军马起程,必是在水泊西岸登陆,由寿张之南,经过观城、濮阳、卫辉、孟津、洛阳、潼关等地。那个时候,宋都开封,开封叫作东京,洛阳叫作西京。梁山军马若走卫辉,直抚东京之背。宋朝决不会让他们过去。况且那个时候,金兵年年南犯,河北是东京的门户,自然有重兵把守着。梁山军入陕,正好穿过东京–河北这一条军事直线。纵然瞒着过去,在打破华州之后,东京必然知道消息。马上传令河北各处,用兵断其去路。梁山兵孤军深入,插翅也难飞吧?况且洛阳是西京,又有虎牢、潼关之险,来去都不容易的。

就以华州而论,《水浒传》也有绝大的漏洞。《水浒传》八十五回说:"且说一行人等离了山寨,径到河口下船而行。不去报与华州太守。一径奔西岳庙来。戴宗先去报知云台观主,并庙里职事人等,直至船边,迎接上岸。"[1]这几句话,可以总结本回地理之糟。按华山在华阴县之南,少华山在华州之南,渭河在华阴、华州之北。用不着到华州去,华阴却在华州之东。由东京到华岳庙进香,过了潼关,就可在华阴以北停船。和少华山正是一个东北,一个西南。梁山军自少华山来劫使船,必定穿过关中大道(华州、华阴之间)。那个时候,华州固然是开了城,华阴却没有提到。梁山军把进香官劫上山,回头又上船到华岳庙去,来来往往共有四次。最后入庙进香,是非经过华阴不可的。华阴官军一点不知道吗(华州被围,华阴当戒严)? 再说华岳庙在华阴西门外五里。灵台在岳庙南十里(此以《徐霞客游记》为证),在岳庙厮杀,绝无华阴县官军不闻不问之理。参观《水浒传》原书,是以为渭河在华阴之南,少华山又在渭河之南,因之本回如此作法。而且以为渭河直通华山与少华山脚

---

[1] 按《水浒传》(人民文学出版社,1975年初版,1981年修订本),此处出自第五十九回:吴用赚金铃吊挂,宋江闹西岳华山。原文为"且说一行人等离了山寨,径到河口下船而行。不去报与华州太守。一径奔西岳庙来。戴宗报知云台观观主并庙里职事人等,直至船边,迎接上岸。"

下。到华州城边。所以五十八回,又有如下几句:"宋江急叫收了御桥吊挂下船,都赶到华州……众人离了华州,船回到少华山。"这一条渭河,如随身法宝一般,书上爱放在哪里就在哪里,无怪船是无处不可到了。然而华阴人看了,必定纳闷。

小说艺术论

谈长篇小说

　　作长篇小说，前头例应有个楔子。可是有些长篇小说不必要楔子，硬在前面加一个楔子，无味得很。

　　长篇的起法，像《红楼梦》《西游记》都不好。《花月痕》更是废话。《野叟曝言》用解黄鹤楼诗一首为起，生吞活剥，而且用法过腐，也不好。最好的要算《水浒传》，用仁宗年间已远一语，下面接上故事。自有褒贬在内，而能统罩全书。《三国演义》，用话说"天下分久必合，合久必分"十二字为起，亦有力量，不过下面引的史事太多，美中不足。

　　《儿女英雄传》，起法揭明楔子由来，未免外行。因为楔子和本文的关系，是应该暗示的。

　　京朝派的小说，很能代表北京中等社会以下的思想。他的起法，照例一阕《西江月》。不过不讲平仄，不讲韵叶，其实不是词，更不能说是《西江月》。向来小说一行，北方是平话式的。□以《施公案》《彭公案》《七侠五义》，换汤不换药，全是一路货色。《儿女英雄传》的作者，心胸那样高超，他小说里也有著者大发议论。北派小说,似乎没法打破平话的范围了。这与思想习惯,大概都有关系。

长篇小说,必须用章回体,若是笼统一篇,一线穿底,有许多不好处。第一,书里的精华提不出。第二,读者要随便寻找一段,没法寻。第三,为文不能随收随起。

若是分章,必要安一个题目,统罩全章。若是分回,回目不要用一个,必要用两个。回目的字面,无论雅俗,总要对得工整,好让读者注意。

(原载1926年11月3日、4日北京《世界晚报》)

有感于小说家之疑案

小说家言,大都楼阁凭空,寓言十九。如画家之画山水,只求意境悦人,初不必以何处为模范,而乃对之挥毫也。顾理想为事实之母,小说家所造之意境,苟在宇宙之内,则有事实与之吻合,亦未可料。譬如《封神榜》上所述之神话,固已极光怪陆离之能事。然而今日之脚踏车,绝似哪吒之之风火轮,今日之飞机,绝似雷震之肉翅,岂作者所可预料乎?

更有奇者,据今日《海外奇谈》所载,小说家臆造之情节,竟有人承认。是则天地间事真有不可思议者矣。予年来为职业所迫,好为小说,穷篇累牍,至今未已。为文既多,难免不有类于"失恋的她"之事。故特表而出之,以告读吾文者焉。

[附]小说家疑案(新)

▲意造情境竟有人承认

家庭杂志之编辑史蒂倍孙,会于前数年撰一长篇小说为"失恋的她"。内中所述,大致系一妇女出嫁后,发见其夫种种秘密因此互生疑忌,致受失恋后之痛苦,全文颇冗长,乃分为数期登出。讵意五四期后,有署名□□女士者,自波斯顿发一函来,谓所著之"失恋的她",完全是伊所经过的事实。现在伊的丈夫,因受刺激,已远游赴英。如果见着此篇,将疑伊宣布他的秘密,难免施以报复,可否停止刊登云云。史氏处此,并不因之而阻,不过心中怀疑,何以臆造之情节,竟能有人承认。如此疑团至今尚无从解决。

(原载1926年11月21日北京《世界晚报》)

长篇与短篇

(一)

近来常有读者不弃,致书与我,询问小说作法。吾虽以此为业,然以吾所业,合之于文学原则,举以告人,则实无所谓能。假曰能之,则按章为节,等于演义,要亦不适于报章之揭载也。兹姑于佣书之余,就立刻想到者,随录若干,以事补白,作读者之读助,不必即引以为法也。

长篇小说与短篇小说,其结构截然为两事。长篇小说,理不应削之为若干短篇。一个短篇,亦绝不许搬演成一长篇也。

短篇小说,只写人生之一件事,或几件事一焦点。此一焦点,能发泄至适可程度,而又令人回味不置,便是佳作。

长篇小说,则为人生之若干事,而设法融合以贯穿之。有时一直写一件事,然此一件事,必须旁敲侧击,欲即又离,若平铺直叙,则报纸上之社会新闻矣。

短篇小说,不必述其主人翁之身世,有时并姓名亦省略之。而长篇小说,则独不许。因短篇小说,仅在一件事之一焦点,他非所问。长篇欲旁敲侧击,自必须言主人翁之关系方面,既欲知主人翁之关系方面,主人翁之身世,不得不详言之矣!中国以前无纯小说之短篇小说,如《聊斋志异》,似短篇小说矣。然其结构,实笔记也。

(二)

笔记与短篇小说,有以异乎?曰:有。其异在何处?一言蔽之曰:有无情调之分耳,古人笔记,固亦有情调者。然此项情调,只是一篇中有若干可喜之字句,非对于一事,有若何着力之描写,《虞初新志》所撰各短篇,几乎完全类此。然其文中,无论如何,必注重述事,而轻于结构,故终不能认为纯小说也。

长篇小说,亦有注重述事者,若《列国演义》,然旧小说令人不能感兴趣者,亦以《列国演义》为甚,此可以知小说与历史之必异矣。

长篇小说团圆结局,此为中国人通病。《红楼梦》一打破此例,弥觉隽永,于是近来作长篇者,又多趋于不团圆主义。其实团圆如不落窠臼,又耐人寻味,则团圆固亦无碍也。

(原载 1928 年 6 月 5 日、6 日北京《世界日报·明珠》)

短篇之起法

我们要谈到短篇小说,先要商量他的起法。作小说也和作诗一样,敷衍的起法固然不好,平铺直叙的写法也要不得。现在许多新派的小说,多半是用写景起,像什么蔚蓝色的天空,或者一个岑寂的夜里,千篇一律,毫无意思。固然,写景起也是一法,但是这一片景致,必须和书中结构,有密切的关系。总之,写景也是在作小说本文,绝不要把这一段景致,当作入题的套子,而是这种写景之句,也不宜太多,以免拖沓。

"在一间小书屋坐着一个少年。"这也是新派小说的老帽子。且不问其是老套子不是,一念之下,便觉得枯寂无味。我记得有人译《弱妹救兄记》的开头说:"嗟夫,吾儿其死矣。言者为一老农……"

这种起法,非常跳脱,而且极合西文的笔法。我们读小说的人,看到这几句话,没有不注意往下读去的。若直译为:

> 唉!我的儿子要死了,一个农人说……

如此说法,下面固然不好接,就是文势也平淡得多。读者必以这是文言白话之分,那也不然。我们再把文言译成白话试试:

> 唉!我那儿子恐怕是死了,说这话的是一位农人……

我们咀嚼这种文势,也就和文言差不多了。

写景起、叙事起,都无不可。但最能动人的,莫如描情起。这样起法,是容易引起读者兴趣的。我曾作过了一篇《工作时间》,是这样起的:

> 小说家伏案构思,酸态可掬。文中时方状一剑侠,舞剑有光,光闪闪逼人,意至酣也,忽有一温软之物,加若肩上……

开首使用这些风趣的笔墨,最能使主篇不呆板,但也不可太趣。太趣,就不免油腔滑调了,至于像《聊斋志异》那种报名式的起法,偶然为之,也未尝不可。但报名之后,就不可背履历过多,要赶快由他的性情或行为上,递入一件事,归到本题,不然就是笔记了。

短篇小说,原不用首尾相照,但能相照,那尤其得有精神。不过倒装法,把结果写在前头,照后来径入题,不可为常。而且倒装要极含糊,不然,结果人都知道了,这小说读着还有什么意思呢?

(原载1928年6月20日北京《世界日报·明珠》)

小说与事实

小说家虽不免借事实为背景,然而当以事实章就文字,决不以文字章就事实。故事实而入小说,亦十之七八,非事实矣。某不才,尚知天壤间有公道。好好恶恶,必社会同情者,初不以个人之见解,而加诸膝,而坠诸渊也。毕倚虹[1]先生,予所心折,然其为人,友朋中颇有微议。如《人间地狱》中写江潮源事,完全虚造,而又故意与人以索隐之地,毁其人甚深。实则所拮牛斯洋行之江某,偶因私事得罪毕先生耳。倚虹死且久,不愿多摘先死者之短,录此,可以知恨水之为恨水耳。此覆读小说者。

(原载1929年3月29日北平《世界晚报·明珠》)

《玉梨魂》价值堕落之原因

在十年前,二十岁以下之青年,无人未尝读《玉梨魂》,以

---

[1] 毕倚虹,即毕振达,清末民初上海滩无人不晓的小说家和报人。曾是《时报》的主笔,先后主持副刊《小时报》,1925年创办《上海画报》。著有《人间地狱》《极乐世界》等小说。

言其销行之广。今日新出刊物，如鲁迅、张资平诸人所作，均不能望其项背，惟张兢生之《性史》，差胜之耳。曾几何时，"玉梨魂"三字，几为一般青年所未知。而稍读三五册小说之人，亦向著者作猛烈之攻击，即向之好之者，亦不惜恶而沉诸渊也。

一般人考此之事之由来，以为其故有二。（一）文字堆砌；（二）思想落伍。关于此二点，吾以为一言以蔽之，缺少小说的条件。其实小说不怕堆砌，亦不怕思想落伍也。盖一部小说之构成，有四大要素，曰：情、文、意、质，而质的部分，与情又甚混合，然细辨之，亦实为二，如《红楼梦》中之三宣牙牌令，叙事体，质也。然其事之如何支配，使读者喜阅，此则须在有情调，其间如鸳鸯之行动与言论，及刘姥姥之诙谐，皆其一端。有质与情矣，而文必须有以达之，如《红楼梦》元妃省亲一段热闹之中，杂以凄怆，情质均佳，如文不达意，又毫无意味。曹氏写来，恰到好处，故令人欣赏备至，至其意，则为下部无好结果，先极力一扬，言富贵之不可恃也。

吾人再试观《玉梨魂》，对以上四点，究竟若何。其质的方面，不过一书生恋一幼孀，因守礼而自封，固极简单，而章法又是平铺直叙，并不见情调（情调是最忌直率的）。至于行文真如秀才写卖驴文契三千言不见驴字，实是浮泛，非堆砌也。惟命意则尚不恶，盖对婚姻不自由，及旧礼教害人，表遗憾者耳。顾情质文三点，均不能成立，而其意义，遂亦埋没矣。此玉梨之为玉梨，而竟成道旁苦李也。

此外，予尚有一言。即是书曾轰动一时，论近二十年来之文字史，此书尚足占其一页之地位，又不幸中之大幸矣。至于谓其文字堆砌,然堆砌得法亦无大关系。思想落伍云云,在小说界尤不成问题,现在真能到民间去之小说,几何而不思想落伍耶?故《玉梨魂》之落价,原因在彼而不在此也。

(原载1929年7月9日北平《世界日报·明珠》)

《金瓶梅》

以文艺眼光过之之感想,《金瓶梅》一书,为自好者所不愿道。予为小说迷时,此书不读,认为遗憾,故亦极力搜索观之。当时只觉其为淫书,弃置十年,未尝再读。其后余对小说,颇欲加以研究,人近中年,亦不嫌其有挑拨性,于是又于工作之暇,检视一遍。窃以为除却诲淫之处外,固亦不失为社会小说中上品也。

书中写西门庆,只是一个凶狠的淫徒,风流温存,一概不懂,而于挥霍钱财,则不甚吝惜,此颇写出富家子弟之一般现状。十兄弟应伯爵、谢希大等均长于西门庆,而以西门庆有钱,称之为兄,骂尽世人。其间十弟兄之逢迎西门庆,亦无所不至,而其于拜弟兄时,出八分银子之份子,及西门庆死后若干日,尚伪为不知,皆能写出市井小人龌龊原形。又西门庆死后,婢妾分散,僮仆拐逃,将如火如荼人家,写得冷淡冰消,亦有章法,打破以前小说之团圆主义。此书实出《儒林外史》《红楼梦》前,而外史之写社会龌龊,红楼之写家庭盛衰,亦即各袭《金瓶梅》之技,发扬而光大之也。《金瓶梅》之于少年,诚不应看,然其书之价值,实在《杏花天》《灯草和尚》之上,用文学眼光看之,固不忍一笔抹煞也。

书中写女性,均是一班淫荡之人,而人各有其个性。如潘金莲之毒狠,李瓶儿之柔懦,吴月娘之糊涂,李娇儿之刁滑,均各有一副面孔,其各女子口吻,亦颇妙肖,徒以写淫荡之处,太赤裸裸地,遂不能为文艺界公开之研究物,良可惜耳。

(原载1929年8月13日北平《世界日报·明珠》)

小小说的作法

《明珠》的读者,近来有许多小小说的稿子投来,大家好像很是有趣似的。然而,我检查之下,觉得大家有一点错误。这错误是什么?就是小小说的组织,只是在一反与一顺的文理。

固然,短篇小说的组织,是要有一个交错点,只是这个交错点,并不一定在文字里要表现出来,鄙人作的《死与恐怖》,树先生作的《插旗的大车》是个明证。此外,小小说,还有写一个极简单极单纯的感想或环境的,很不容易动手,他日有工夫,当写一篇出来,大家研究。

(原载1929年9月14日北平《世界日报·明珠》)

小说也当信实

一部《三国演义》支配大半个中国社会思想,小说之力,岂不伟哉?但《三国演义》之厚诬古人处,正复不少。如周瑜本是一位宽宏大度人物,少年就曾指囷赠友,《演义》却形容他成了一位气量狭小的汉子,卑鄙几近于小人。公瑾何辜,饮冤千古?

赵瓯北说:文坛代有才人出,各领风骚数百年。以中国社会之进步,教育慢慢普及,《三国演义》的鸿运,再不会有好久的时代了。中国当有高尔基或者雷马克的作家出来,另以新作来领导社会思想。果有其人,我倒愿早献一言:小说也当给社会留些信史,好比渲染关羽,不妨过火,描写周瑜,却千万不可颠倒黑白。五步之内,必有芳草,小说作家内亦有董狐在乎?予日望之。

(原载1940年9月10日重庆《新民报》)

武侠小说在下层社会

××兄:

您要我写点杂感,我很为难。我常和朋友定约,别拉我演讲,也别拉我写杂文,硬是推不掉。演讲我就讲落了伍的章回小说,杂文我就写点风花月扯淡的东西。我想,你们根本不和人帮闲,我也不好意思在你报纸上扯淡。那末,三句话不离本行,我还是谈点章回小说罢。若是您认为还不算过分敷衍的话,以后,有工夫就谈点章回小说。但是我保证,决不藉着章回小说散毒菌。现在,我先来谈散在下层阶级里的章回体武侠小说。手边没书,全是靠记忆写的。如有错误请代为纠正。下面是我对武侠小说的感想。

中国下层社会,对于章回小说,能感到兴趣的,第一是武侠小说,第二是神怪小说,第三是历史小说。爱情小说,属于小唱本(包括弹词),只是在妇女圈子里兜转。江浙人有一部分下层社会,也爱看爱情故事,但那全是弹词,不属于章回范围,这里不谈。所以概括地说,中国下层社会里的人物,他们的思想,始终有着模糊的英雄主义的色彩,那完全是武侠故事所教训的。这种教训,有个极大的缺憾。第一,封建思想太浓,往往让英雄变为奴才式的。第二,完全是幻想,不切实际。第三,告诉人的斗争方法,也有许多错误。自然,这里不是完全没有意义的。武侠小说,曾教读者反抗暴力,反抗贪污,并告诉被压迫者联合一致,牺牲小我。因为执笔者(包括说话人)他们不能和读者打成一气,他们所说,也只是个"想当然耳",所以他们的说法和想法,不是下层社会心窝子里的话,也就不能帮助他们什么。

那末,为什么下层阶级被武侠小说所抓住了呢?这是人人所周知的事。他们无冤可伸,无愤可平,就托诸这幻想的武侠人物,来解除脑中的苦闷。有时,他们真很笨拙地干着武侠故事,把两只拳头,代替了剑仙口里一道白光,因此惹下大祸。这种人虽说是可怜,也非不可教。所以二三百年前的武侠小说执笔人,若有今日先进文艺家的思想,我敢夸大一点说,那会赛过许多平民读本的能力。可惜是恰站在反面。

截至现在为止,武侠小说在下层社会势力最大的,是如下几部分:

《彭公案》《施公案》《济公传》《七侠五义》《小五义》及七十一回本《水浒》。此外如《七剑十三侠》《五剑十八侠》《隋唐演义》,也拥有相当的读者。《彭公案》《施公案》是康熙、雍正年间的说评书人底本,乾隆年间出版。《七侠五义》来源相同,出世稍晚,是北人石玉崐写的,原名《忠义侠烈传》,又名《三侠五义》。俞曲园后加修正,改名《七侠五义》,比较上是有点文艺性的作品。《济公传》,原是明人的《醉菩提》,其原书不过十回。到了清代改为《济公传》,一续再续,有七八续之多,完全是说评书人胡闹的底本,最缺乏文艺性(但《醉菩提》相当幽默)。《水浒》《隋唐》来源,人所周知。七剑八剑,无从考证,总括地说一句,都是清初以来,盛行民间的书,他们所反映的,也是那个时代的社会。若要找社会背景,倒是彭公、施公两案,含有着丰富的材料。这两书里,告诉了我们奴才主义横行天下,清朝帝室管"皇粮"守"皇庄"的小奴才,整百万亩地没收人民的土地。而且鱼肉人民,贱视官吏,无恶不作。其次是无官不贪,绿林中人,简直不单称官,而统称之曰"贼官"。保甲长是小奴才的小奴才,和土豪劣绅打成一片。于是乎,农村社会,被迫着只有走上两条路:其一是各村筑堡自守,但必须一方面敷衍奴才,一方面与盗匪妥协;其二是干脆去当强盗,整个村子化巢穴。大地主当寨主,佃农和自耕农当喽罗。这样,中国变成了寸步难行的国家(至少黄河两岸,淮河两岸是如此),大路上到处是黑店,商人搬运货物,没有人保镖,休想走。亲民之官,如知府、知县,装着一概不知。上面的人更是不管,一切听其自然。文学史上,不是告诉我们,这个时代,由考据到一切文艺(除了谈理学的文艺,因为那包有民族思想问题在内),都在勃兴中吗?而社会却是黑暗到如此。这可见庙堂文艺和人民不关痛痒到什么程度了。

虽然,人民的不平之气,究竟是要喊出来的。于是北方的说书人,就凭空捏造许多侠客锄强扶弱,除暴安民。可是他们不知道什么叫革命,这八个字的考语,不敢完全加在侠客身上。因之在侠客之外,得另行拥出一个清官来当领袖。换一句话说,安定社会的人,还是吾皇万世爷的奴才。因为如此,所以他们写出来的黄天霸、白玉堂之流,尽管是如何生龙活虎的英雄,见了施大人、包大人就变成一条驯服的走狗。试就《施公案》说说,由剪除大恶霸到小土匪的指挥官,都是施大人。而制造恶霸土匪的贪官污吏,却轻描淡写地放过。只是在强盗口里多喊几声贼官而已。这样的武侠小说,教训了读者,反贪污只有去做强盗。说强盗,又不能不写他杀人放火,反成了社会罪人,只好再写出一批侠客来消灭反贪污的强盗。而这些侠客呢,他们并非社会的朱家、郭解,都是投入衙门去当"捕快",充当走狗。以侠客而当捕快,可谓侮辱英雄已极,作者自己,大概也难于自圆其说,只有他们是拥护清官,便又写一批反贪污的强盗,也来投降当走狗。因之,他们的逻辑是由反贪污当强盗,再由反强盗而当走狗,这才算是英雄。这种矛盾复杂的说教,请问,知识有限,甚至不曾识字的下层社会大众,有什么手腕来处理?所以他们崇拜英雄的认识,是十分模糊的。不过,公道究竟是存在人心的,你只看搬演施公的京戏,在《三义绝交》里面,并没有人同情黄天霸。而对《连环套》这出戏,观众都是百分之百,同情窦尔敦。可见以英雄而当走狗,却非大众所许可。只是武侠小说,并不赞扬民间英雄,读者也无从去学习。你尽管不赞成当走狗,却也不能在走狗以外你做一个标准英雄。因此,有一部分人,反模糊地走上了绿林的一条路。总括地来说,武侠小说,除了一部分除暴尚可取而外,对于观众是有毒害的。自然,这类小说,还是下层社会所爱好,假如我们不能将武侠小说拉杂堆烧的话,这倒还是谈民众教育的一个问题。

(原载 1945 年 7 月 1 日重庆《新华日报》)

《儿女英雄传》的背景

在清朝二百多年间我们真没想到,最初两个成功的章回小说家,都出于旗人。第一个自然是曹雪芹,他是汉军旗人,成了《红楼梦》千古不朽之作。第二个却是满族赞莫氏文康(字仙)作下了一部《儿女英雄传》。笔者零碎在报章杂志上,所收得关于文康的身世材料,大概他是满族镶白旗人,家住在北平海甸附近(也就是安水心之家了)。他是个不第的举子,文学有相当修养。因为出自旗人是个有钱阶级,也是个有闲阶级,早年是过着公子哥儿的生活,旗人的吃一点儿喝一点儿乐一点儿,"老三点儿"主义,他全有。晚年,儿子们不争气,以十足纨绔子弟的生活,倾没了他的家产。他受着刺激,下帷读书,还中了点儿朱程理学的毒。本来满族人是不爱谈朱程的,因为其中多少有点儿思想问题,他这一变已有点儿奇怪了。同时,他是个不第的举子,以久居北京,对政治也有点不满。因之他对当时一个盛传着"吕四娘刺死暴君雍正"的故事,也有点爱不忍释,于是不平淡的生活,愤激的思想,新奇的故事,有闲的岁月,读书有得的文学修养,这五者融合为一,让他作成了这部《儿女英雄传》。

"说其书,不知其人可乎?"我们了解了文康的为人,就知道近人读《儿女英雄传》,痛惜他化神奇为腐朽这一点,毋宁认为是当然的结果。因为他生活的反映,不会写得比这更好。我们不妨再来解释一下:第一,他痛恨他的儿子的败家,他就幻想出一个安公子龙媒来大大地安慰一下。安龙媒不但中了探花(清朝初例,旗人不点元),而且是个孝子呢。第二,根据传说,吕晚村的女儿吕四娘,是成功之后,嫁了一个孝子的,而这孝子还是文士。《聊斋》上《侠女》一篇,不也是这样隐射着吗?于是文康就把这个侠女收做了他的儿媳妇。他用十三妹三个字,隐射着吕四娘。他又怕这犯了忌讳,解说着十三妹是何玉凤的玉字拆开的。第三,他自己幻想出一个安水心来寄托着,不但道德(当时的道德)文章都好,而且也会了进士。也许他家祖和父,有人吃过贪官的亏,他就现身说法,作了一任知县,在河漕总督手上栽了个大筋斗。河漕总督,是当年最能贪污的一个肥缺,他在举世公认之下,毫不隐讳地写下来。第四,雍正被刺而死,这是当时一个盛大的传说,因为他头一晚上还活跳新鲜,第二天早上就死了。国人是不能无疑的。雍正弑父杀兄,屡兴大狱,一手养成"血滴子"的暗杀团,满中国杀人。汉族知识分子,稍有不逊,都全家族灭。这是一个不折不扣的暴君。不但汉人,也许满人都胆战心惊。一旦被刺,这是大快人心的事。可是文康究竟是个奴才主义者,他不敢写,也不忍写,就把吕四娘之行刺雍正,变为谋杀"血滴子"头领年羹尧。书里的纪献唐隐射年羹尧三字,是再明白没有的了,但文康既宗学朱程,他不能同情刺客而作刺客列传,所以写纪献唐是被正法的,直用了年羹尧的故事。而十三妹有报仇之心,无报仇之事,也符合了作者那份儿迂腐的思想。这样解释,便可知道文康在他的儿女英雄之见解下,怎样作成这部书。论他的全书,和中国多数章回小说家一样,是托诸幻想,来聊以自慰的。不过论其动机,我揣测着他还是太爱惜吕四娘这位女英雄的原故。

回头我们再就书的文艺价值说。本书原名"五十三参",有五十三回,现传的却是四十回。十三回失传了。另有三十回,是说评书人续写的等于胡扯的《济公传》,不足一观。所以我们只能说正本四十回。先论布局,前二十回很好,故事的运用,也很紧凑。自安龙媒点元以后,就有些扯淡。在个性的描写上,前一半也相当成功。十三妹、邓九公、舅太太、张老实、张亲家太太,都写得恰如其分。就是写安龙媒一时是无用的书生,一时是要变成纨绔式的名士,都也把握住个性的发展(不过做了官就完了)。写安水心,现在看来,有点像伪君子,是《红楼梦》贾政型的。不过红楼是有意这样写,而文康是无意地流露。大概他的思想,是以这种人为正确的吧?后半部故事坏了,人也就坏了。到安龙媒被任命为乌里雅苏台大臣,全家像听到宣布死刑,这一幕悲喜剧,也小小地暴露了旗人是怎样地对付国事。可惜全书很少这样委婉而又深刻的描写。由悦来店到红柳村这是书中一个高潮,写得有声有色。也可惜后部几个高潮,越比越坏。总而言之,是受了作者思想的拘束,一定要"化神奇为腐朽",以致创伤了全部主角。对河漕大人的贪污描写,也嫌不够深刻。最后,让这位谈大人去赶庙会画三花脸儿唱道情,也可见作者对于贪官,有一种不可忍耐的笑骂。此外,道路难行,强盗结案,和尚设地窖,民间秩序之糟,和其他武侠小说一样,并无顾忌的叙述,这虽落了武侠小说的窠臼,也可见当年强盗遍地,为统治阶级不讳言的一件事。以文康的身份,他描写落草的强人,并没有说教的企图。这又可以反映到当时社会的思想,还不免把忠义寄托在上风杀人,下风放火者的身上,我们不能不为当年一班老祖父,叹息几声。其他对科举,对官场,都也有点儿暴露。虽是粗枝大叶地写来,却也不少供给研究清代社会者一番咀嚼。

《儿女英雄传》的对白,太好,有些地方,简直胜过《红楼梦》,纯粹的京白,流畅的语气,相当合乎逻辑的文法,章回小说里,很难找到对手。书里许多俏皮句子,也有其幽默感。虽然有时啰嗦一点,似乎不怎么讨厌。近时文坛,除了老舍兄,很难找到能写出这种漂亮对话的。至于书里,常常跳进作者叙述一顿,这是不可为训的。可是章回小说,受说评书人的影响,北派小说家就有这么个习惯,也不能独责文铁山。至于意识方面,本书是不必去嗅察就知道有一种浓厚封建气味的。我们只有在时代上面,宽恕了作者。本书原不必让他在民间普及,可是北方民间,除了《红楼》《水浒》《三国》,恐怕他的深入性也不会让过《封神》与《西游》(武侠小说除外)。好在科举早已过去了,这种劝人读书中状元的说教,也许不会流毒太深。至于欣赏文艺者,我倒劝他不必抹煞这部书。

最后说句题外的话,吕四娘刺杀雍正的故事,虽然当时盛传,恐怕还是民间无可奈何的幻想。我疑心不可能。至于雍正的确暴死,也许事出宫闱,因为"一舟敌国",宫里也不少他的仇人啦。

（原载1945年8月5日重庆《新华日报》）

小说的关节炎

长篇小说中的关节，的确不容易，由这事渡到那事，必须天衣无缝，使人丝毫看不出来，这才是高手，否则硬转硬拐，不仅接不上气，读者也不能聚精会神了。

旧小说多半是"花开两朵，各表一枝"，或者是"按下不表，且说……"可谓其笨如牛。新的小说中，另有办法。然而弄好了的也不多。

当年刘半农曾经大大地挖苦过一阵，他拟了一个格式，即是"老王去找老刘，半路上遇见老李，于是写老李回家，由老李回家，在街上碰到赵大和孙三打架，于是叙上了赵大，结果是红头阿三来排解，赵大、孙三都跑了，底下就拉住红头阿三不放，等到红头阿三下班，又瞧见了钱六，赶紧写钱六，钱六当晚应个宴会，于是老侯、小马、周七，一齐出场，乱成一片，结果，老王找老刘的事早丢到天外去了。"这个是开玩笑，但确有此种情形。

平江不肖生（向恺然）的《江湖奇侠传》总算是脍炙人口的小说了，但他也犯这个毛病，正说两派之争，忽然说到某甲的学艺，由某甲又说到他师傅某乙，便又由某乙从师傅某丙谈起，某丙有一天上山打柴，遇见了老虎，打不过它，被某丁一箭将虎射死，底下就写上了某丁，由某丁说到他的妹妹某戊,而某戊又是跟老尼某己学的,某已是高僧某庚的徒弟,结果把两派之争全忘了。

这些硬渡的办法,无以名之,名之曰"小说的关节炎"。

(原载1946年4月17日北平《新民报》)

章回小说的变迁

什么是小说?照普通人看来,凡叙述民间小事,情节动人的,这个叫小说。但是这不能归入小说的定义。我们就拿《三国演义》来说,这岂不是历史上的大事吗?怎么也叫小说呢?我个人的意见,应该说:"凡是宇宙间的故事,说起来很动人的,这个叫小说。"

我们首先要考一考,"小说"二字的来源。《庄子·外物篇》上说:"饰小说以干县令,其于大达亦远矣。"这是最古的"小说"两个字。但是那个时候的小说,与现在的小说,完全是两回事。下及隋朝(唐朝已经有类似小说的抄本,不过词句非常拙朴,这在敦煌石窟里发现的),都是此类。《汉书·艺文志》说过,"小说家者流,盖出于稗官,街谈巷语,道听途说者之所造也"。不过,这个书自唐朝以来,已是亡个干净。好在它是街谈巷语,完全写些小事,我们可以想得出来的。

唐朝虽然有书,但也不过万来言短篇故事(《秋胡》《唐太宗入冥记》等),而且抄的别字很多,也不为文士所喜欢。但是不为文士所喜欢,却是民间喜欢这类故事。传到宋朝手上,皇帝都要看这一路书。《七修类稿》上说:"小说起宋仁宗,盖太平盛久,国家闲暇,日欲进一奇怪之事以娱之,故小说'得胜头回'之后(后面有说'得胜头回'故事那时再说),话说赵宋某年。"这就是小说这类文章,已经打入宫廷了。然这里小说,已经不是《新唐书·艺文志》里的小说,完全是《都城纪胜》《梦粱录》上面的,"话说人分四家"这一路了。

说到这里,就是南宋(都城为杭州)、元朝,这连接年间里。这南宋"说话人",好像现在唱大鼓书一样,颇为盛行。我们所认为小说,大多数是仿他们"拟话本"来的。因为就是那个时候,先生教徒弟,就以他所说的"话本"相授。我们看到这"话本",有些文字颇欠工夫,就搞了个"拟话本"出来。当然我们看了"拟话本",比"听话"所费的工夫,耗的钞财,那节省得多;这就是小说兴起原因之一。

"说话人"分四家,哪四家呢?"说话人"说的,统名之为小说,小说细分为四家,我现在拟个表如下:

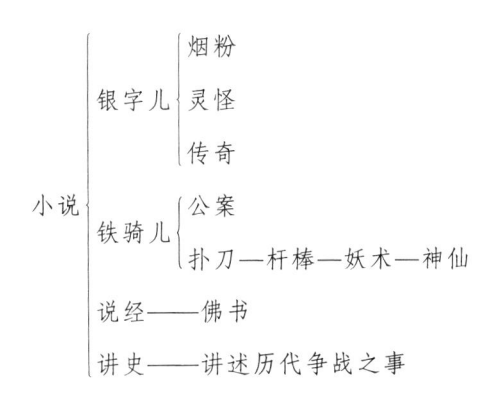

小说 ｛
　银字儿 ｛烟粉 / 灵怪 / 传奇
　铁骑儿 ｛公案 / 扑刀—杆棒—妖术—神仙
　说经——佛书
　讲史——讲述历代争战之事

不过这个表里,也有分别的说法。就是"公案"这一路,归之于"银字儿"。"银字儿""铁骑儿"统名之为小说,余外"说经""讲史",那就不名为小说。但是这话,很难说的。比如说"灵怪",这就和"妖术"差不多,"神仙"和"说经"也极为相似,战争和"扑刀""杆棒",也有类似之处。至于有的名为小说,有的不名小说,那更是不好强为分开。所以宋朝认为怎样好,我们就也以为怎样好罢。

"说话人"既认为"话本"为他不传的秘本,所以章回小说以倚靠"话本"为准绳。他们头里有"诗话",有"词话",有"得胜头回",文里有"花开两朵,各表一枝",有"看官",有"欲知后事如何,且听下回分解"等等词句。这是"说话人"对"听话"人说的话。这里的"诗话""词话",是一首诗或者一阕词,和这故事有关,拿来说一遍,然后引入正文。至于"得胜头回",若不说出它的原故来,就令读者莫名其妙。因为从前,说书的在各处敞地说书,先把喇叭一吹,号召听众。这喇叭所吹的,曲牌子就叫"得胜令",这里省了一个字罢了。头回,是书上的第一回。书上用了这"得胜头回",就是说,给下面这一段书,作了个引子。

我说"拟话本"的时代,这是小说第一时期,大概从唐宋时期起,至明初止,这是短篇小说最流行的时期。到了元朝时间,有了《三国志平话》和《水浒传》,又到《三国演义》,这时,长篇小说,慢慢乎兴起了。而同时在"拟话本"里,文字上也仔细一点。这是在明季中叶,算是第二时期吧。后来《西游记》《封神榜》,一直到清朝出了《儒林外史》《红楼梦》,自明朝末年起,到清朝中叶止,这就是第三个时期,也是章回小说最活跃的时期。我们看《儒林外史》,那话多么俏皮。又看《红楼梦》,那场面多么伟大。至于"拟话本"那些短篇小说,不但是没落,简直中断了。自《红楼梦》那时起,一直到现在,至少是第四个时期了吧?若论小说的名字,那真是浩如烟海。不过论到章回小说本身,这里还没有哪一本小说,够得上和《红楼梦》《水浒传》比上一比的(我这里论章回小说,别的小说不在内)。不过文章词句里面,这又有一点变迁,好坏那另为一说,这就是用"话本"的老路子,越发的少了。

因时代的转变,章回小说受了转变的影响,也就变化起来了。不过这变的范围,似乎还很小,我们干这行的,也看到这一行没有起色,就转向别的方向去了。我们本应当变的,因为看死了不变,这就莫怪人家往另方面跑。比如说:"欲知后事如何,且听下回分解。"我们看,这里有一个"听"字。我们要不是对人讲话,这听字就用不着。我们拿了书,让大众观看,根本上不能听呀。这本是"拟话本"的人,故意装成对大众讲话的样子。后来作书的人,未加审察,也就这样子用着(我初年也是如此),其实,是不对的。

这就要说上这个"回"字。回,就是一章的"章"字。在小说上,有时写成"章回"两个字,也是作一回讲。这有好的例子,这里不是一段交代之后,说"且听下回分解"吗? 这就是这段书完了,下一段再来分析。所以"说话人"在说书时,一回书完了,把惊木一拍,这也就是说这一回书完了。

我们现在可以谈谈宋人留下来的小说,给我们一点摸索的影子。我们现在只谈两种书,一是《大唐三藏取经诗话》,一是《武王伐纣平话》。这两种书,大约都是宋朝人作的,不过此书出版,"诗话"本有"中瓦子张家印",这是南宋杭州书店招牌,所以认为是南宋本。不过也许这个张家,虽然经一度大变,说不定还依然存在,开着书店。所以"南宋本"也要加一个问号。《武王伐纣》一书,那就证明完全是元本。

这两种本子看定了何年出版,我们再看它的内容。这"诗话"本,没有回目,但是有"入香山寺第四","经过女人国处第十"等等小题。至于"平话"本,除了有诗句而外,那就一线到底,没有回目的。所以我们摸索,元末明初罗贯中撰《三国演义》,开始才有目录(在前元时《三国志平话》,没有回目)。但目录开始的时候,并不好,而且有一回一个回目的,像《封神榜》就是。到后来慢慢地改良,像《花月痕》它的回目,极为整齐。这在小说成为大众读物的时候,已在五百年以上了。

我们看小说,那样成为人的嗜好,明朝才有的。可是听说书,在唐朝就有了。李商隐的诗,"或谑张飞胡,或笑邓艾吃。"这是一个证据。不过那时,就是听"说话人"讲故事。至于"话本"留传,在宋朝末年才有的。而且这种"话本",是极为粗糙的,经文人仔细地删改,而后才有小说可读。但那个时候,小说终为不登大雅之堂的,虽有二三部为不朽之作,究竟是太少了。直到后来,《儒林外史》《红楼梦》,这些作品问世以后,仿佛开放了一点。不过经了那么多岁月,已经是太长而又太长。而且那反动政府,像以往那些政府一样,一般对这章回小说,不屑一看。我们稍微有点希望,还是民间爱好。我们幸得这民间爱好,才有我们这班人弄章回小说,就这样勉强过了几十年。

现在好了,在共产党领导之下,非常重视文艺工作。对我们这班作章回小说的人,给我们许多便利与照顾。就我私人说,党对我的创作以至个人的生活都无不关怀备至。因此,我希望章回小说家,努力创造,能够多写几本大家爱看的书。

最后,关于章回小说,我还想说以下几点:

第一,这章回小说,大部分是"拟话本"的,我们首先要研究它的优点与缺点。第二,它的优点,大部分是这样,如说话好,故事非常丰富,结构也很紧密,最好的是一线到底。第三,人物动作似乎太少了。"小动作"更少。至于写景,也少得可怜。第四,关于分回,那当然不动为是。可是它那些套语,像"各表一枝""且听下回分解""有话即长"等等无关重要的句子,可以去掉。第五,如"得胜头回"等类,无论是短篇或长篇,可以不要。第六,关于回目,还是要的好,它能够吸引观众,从何处注意,既然是要,做得工整一点好些。我想到这些,当然还有。至于要写或不当写,我这里听大家的意见。

(原载1957年10月号《北京文艺》)

从自己的著作谈起

一九五六年的国庆,我曾经写过一篇文字,现在一九五七的国庆又来了,我写什么呢?当然,这一年内,钢铁、运输、铁路、矿产等等建设,都有着惊人的发展。但是我不写它,我想从一个最低的自己的角度上写,我是一个从事文艺工作的人,自觉创造得不够,真是对不起读者的盼望。不过虽是一个不成熟的作家,各方面依然在督促我写稿。这一方面感到自己惭愧，一方面又觉得中国文化发展得有令人不可信的程度。

我们先说一个出版已久的《啼笑因缘》吧。这书从我们知道的算起，出版也有三十次。自然，有些地方，私自翻版的还不算在内。那个时候，重版的书印数，少得可怜，每次约自三千部到一万部，所以大约也有十几万部。现在看起来，当然是很少的。可是那时为旧政府统治下的地域，这销数，已属难能了。可是现在怎么样？就是翻版两次，已经达到已往三十次出版数的水平。我们要知道，这书已出版三十年，虽然有点回忆，可是根本不足道的。有这样的销数，这是现在政府，把文化水准一年比一年提高的结果。我敢大胆说一句：这是已往的旧政府统治下，做梦也想不到的事情。

还有一部书，叫《魍魉世界》，原来叫《牛马走》，是中国抵抗日本军阀，在重庆《新民报》披露的一本，约有五十余万言，这在从前，没有资本出这样的书。现在由《大公报》先披露大部分，后由上海文化出版社出版，到今不到几个月工夫，就重印一版了。还有一部叫《五子登科》，也是在文化出版社印的。这书是写当年国民党的事，是派专人到北京来接收屋子、金子、车子等等。这书也快出了，若是这书，送在国民党手上，当然没有出版的希望了。

这都是写解放以前的书。现在陆续付排的书，北京出版社共有三部，一为《孟姜女》，二为《孔雀东南飞》，三为《磨镜记》。关于这三部书，《孟姜女》虽然各地都有传说，而且传说大致相同，可是没有一本真正的小说。其次为《孔雀东南飞》，这是一首古诗，各种戏，早已就有了，可是照诗的境地，演为一本小说,也似乎没有。这书中小说人物,出在笔者的家乡(安徽潜山县),所以笔者对书中的人物背景,比较的熟习。去年曾在上海《新闻日报》披露,今年就交北京出版社出版。最后说到《磨镜记》,这就是福建戏(如今各处戏都有),叫做《陈三五娘》。

我也有两部新书,一是《翠翠》,这是个中篇,约五万字上下。是《剪灯新话》,有这么点影子,后来《拍案惊奇》里把这文重编了一番。但这是个悲剧,很少英雄人物。我把它编成喜剧,写了几个人物有英雄气概,大概约十月尾可以交卷了。其二,是《记者外传》,这有五十万言以上的长篇,每回约有一万字,约有四集。现在第一集,快要交卷了。这本《记者外传》是描写我从来北京时候起,到我第一次离开北京为止的亲身经历过的记者生活。上海《新闻日报》和其他报社记者来北京和我谈起时说,都很赞成,并争预定稿。这本书将交《新闻日报》发表,然后由通俗出版社出版。

本来这里既担任一个长篇,又担任一个中篇,我自己审查自己的能力,半年的工夫,恐怕有点不够。虽然在审查之后,又加以审查,最后又尽力之所能,复加以审查,但是我的能力,究竟有限。所以在自己审阅一过,拟还请我的朋友看看,有何处不好,再加以删改。我们在国庆这一天,看见我们的国家,这样事事物物,都在一日比一日进步勃兴,是多么令人鼓舞、兴奋。

(原载《山窗小品及其他》香港通俗文艺出版社,1975年6月版)

关于读小说

　　如今是新年了。有的放两天假,掩上门来,伏在案头读小说。有的在旅行中,在车上,在船上,以及在旅馆中,找着一个安适的地方读小说。有的本来喜欢读小说,在这假期中越发地去读小说。小说这样引起人的爱读,究竟这里面有益处或者有毒处呢?我斗胆答复一句:这要看你找什么小说读。好的小说,很多可以帮助你增长知识,开拓思路,这都是有益的,可是,你若不去选择,只要是小说,拿起就读,这里很可能有些黄色故事,读了我们不但没有好处,很多地方诲淫诲盗,那是有害的。尤其一般青年,不可读这类小说。

　　宋朝有一种卖"说话"的人,为了教授徒弟或者自己怕忘了,就编一个本子,给自己查看,这个本子就叫做"话本"。话本的出现就是中国小说的一个重要的发展。卖"说话"的人,在哪个地方卖呢?都是在空地里的。既是在空地里,又怕别人不知道,就用乐器奏一个《得胜令》。奏完了之后,人家知道是卖"说话"的,就从四方来听他的"说话"。卖"说话"的就在这"说话"之前,讲上一段小故事,以作引子,这就叫"得胜头回"。"得胜"是把"令"字缩掉了,"头回"是头一回了。在这引子里头,"说话"的总要批上几句,对这故事里的事,或褒或贬,作一个公平人。"话本"如此,"拟话本"不但如此,还在批评里头多加上一点。可见当时作小说的是要劝人往有益的方面走了。

　　有人就问:这"得胜头回",何以后来没有了呢?难道有益有害,后来就不问了吗?我说:不是的。这是由于小说的写作技巧进步,用不着这"得胜头回"了。例如中国最有名的长篇小说《红楼梦》同《儒林外史》等几部书,读过的人,当不难看出大家庭腐败,婚姻压迫,以及官僚肮脏的是非,用不着在书前面再说他几句。读《儒林外史》等书的人,如果读完笑一笑就算了,这还不一定是会读小说的,必要心里明白了作者的主要意思,这才是善于读小说的。

小说还有个时间问题,不可不知道。《儒林外史》本来明明要说清朝的事情,但作者故意一隐,就说明朝的事情。在清朝的人读它,明明被它挖苦一顿,却是不好如何,因为他扯上明代了。现在清朝也过去了,但是书中描写那些文人腐败,还是生灵活现在我们面前。所以这里可分两部分读:他说的衣冠住室,这完全过去了,我们无从捉摸,就是捉摸得到,也少有用处。至于他写的人,声音笑貌,那完全没有变动,我们就完全赏识这一点。因此我们看小说,要分别这里面的年代。可以移动的外表,过去算它过去了,至于不移动的内容,只要写得好,我们要尽量鉴赏它,这才是善读小说的人呵!

这里又有问题了。《红楼梦》写的宝玉、黛玉虽有爱情却不能配合婚姻,两人都饮恨千古。这样的事,现在少了,将来可能没有。但是前四五十年,几乎青年男女都会碰到这样的事。所以《红楼梦》一书,当时青年男女最爱读。我们生在现时代,要读古典文学的书,就得先明白古今风俗有所不同。

再顺便谈到我自己。我写的小说,已出版的大约有六十部。照说,也就不算少了。但是我自己鉴定,可读的真是太少。不过我作小说,虽然信笔所之,这内里多少有一点风俗及各种习惯吧?因此,就风俗习惯上说,可以翻翻罢了。大概我写小说,可以分三个时代。第一是我出版《春明外史》《金粉世家》等小说的时代。第二是国难严重,我作《疯狂》《魍魉世界》的时代(原名是《牛马走》)。第三就是现在。我自己知道所学的太不够了,要多读,多看,多跑。虽然我的年纪也不算小了,但是现在人寿长了,活个八十九十,那真算不得一回事。所以我愿多接触一点,多见识一点,这于作小说上,有很大的帮助的。

各位不爱看小说,那就罢了。若是爱看小说,又不经意地碰上了我所作的一部,那就奉劝各位,先把年代翻上一翻,看是何年作的。当然,我自己就"有则改之,无则加勉"了。

比我作小说还早一点,上海出了黄色小说,报章杂志大登而特登。至于内容说些什么,我不愿说它,反正两条路,一是诲淫,二是诲盗。上海一兴,全国就跟着来。由于看了这项小说,有十几岁的小子,学会了偷盗,还有到峨眉山去寻师的。至于诲淫,我不说,诸位也明白。这种风气,闹了二三十年光景,现在国内已经没有了。可是据朋友说,国外还有。朋友,这般小说,千万看不得。要看了的话,小则丧失志气,大则无所不为。只要没人看,这些黄色刊物,自然慢慢就淘汰了。

小说的力量是不小的。清朝进关,多少得力于《三国演义》。当时带兵的人,多有一部《三国演义》,当作兵书。他们最所崇拜的,就是书里的关羽。羽字还不能提,称关羽做关公。这样皇帝既供奉,老百姓也跟着供奉。所以在清朝统治之下,无论什么地方,都有关羽庙,这庙呵,大则高殿崇楼,小则一个人也不能站立。这为着什么?不就为的受了《三国演义》的影响吗?所以小说,你别小看它!你要看小说,就要善于选择。

(原载《山窗小品及其他》香港通俗文艺出版社,1975年6月版)

作小说须知

小说怎样作?怎样能作成一篇好的小说?许多人这样问我,而且想我用很简单的话来答复他。但是这却很难。在文艺上无论哪一门的东西,都可以发挥起来,作成几十万言的讲义,何独至于小说不然。而且小说在文艺上占着很重要的位置,"小说怎样作""怎样作成一篇好的小说",如此两个重大问题,岂是三言两语所能解答的?不过我们办这个周刊,原意就是要在这一层上面,多多贡献一点。我们虽不能整本整本的,编出讲义来贡献,但是零零碎碎,提出些要紧的来,随便谈谈却未尝不可。

今日是我们贡献的第一次,我们说些什么呢?中山先生说:知难行易。我们要会作小说,当然先要知道作小说。要知道小说,现在没有教员来教我们,我们只有自己去求得了。因此,我由我的经验上,定一个求"知"之方。诸位虽不必照方吃炒肉,这好比是一张游艺大会的入门券,介绍诸位进门。至于各人喜好哪一站,那就非我所能问了。闲言少说,且把单子弄出来。

(一)要投身到社会上去。你能知道的,尽量去求得。不曾知道的,眼不能见,至少也当请教于知道的人。(二)因为第一点,要养成观察的习惯。观察不是闭门卧游的事,有机会就要去游历。(三)要知道美术,尤其是在图画摄影一方面,因为可以供给你描写风景的绝妙方法。(四)要学一种外国文,至少要有查字典的能耐。因为现在是世界的社会,作小说难免有适用外国字的所在。(五)对于文学,要有基本知识,而且要注意修辞学。(六)要学词章。知道词章,然后文字可以作得美一点。而且写情(不专指男女之爱)的地方,学诗的人,很占便宜。(七)要注意戏剧一类的艺术,他能告诉你剪裁的方法(电影是最好的范本)。(八)要有尝试,不然,很容易说外行话。(九)对于你所爱的东西,要大量去研究。因为你照此写出来,有事半功倍之效。(十)中外名家小说,至少读五十种以上。

章与回

我很对不住本刊的读者。上一期,适在我的病中,稿子是由舍弟代发的,我竟不能有什么贡献。这一期,我本想做一点东西,又因外埠两篇长篇正在催稿,不能让我有查书的工夫,所以关于考证的东西,只好延一期。昨日有一个朋友,问我长篇的章与回之分,我曾说了一点,现在撮记起来,就算是我的份子。

章,中国的白话旧小说,很少这种体裁。至于传奇、弹词,虽然分章或分折,但那又是韵语本,不能为标准的。回,大概是汉文小说独创的,拼音文字的小说里,绝对没有,也不可能。

分章的小说,每章要自成一个段落。这一个段落,大概总是整个的。所以本文前面,按上一个题目,自然能包括全章。

至于它在全篇小说里面,大致因起承转合分成部位。虽不必恰好是四章,但它的性质无非是由四章扩充起来的。回目的小说,它却与分章的不同,每回不是整个的一段。它不过是在全篇小说里,找两三件事,合成一回。而这一回,有时与全篇起承转合有关,有时一点关系没有。例如《红楼梦》的"三宣牙牌令",这不过描写全文极盛时代之一斑,把它删了,与本书无大关系。这是与章最不同之一点。因为若是全书里的一章,就万不能删割的。

章回性质,既各有不同,长短自异。照说,章只能作一二十段。若是回目,接长作到一百以上,那是常事。因此章的命名,总求笼统。回目照例说两件事,作一副对联(也有只写一联,与下回相对的,但是究嫌不美),这一副对联,为引起读者注意起见,要下点功夫才好,但是倒不妨琐碎。

由以上所说的几件事看来,你作长篇小说,未下笔之先,打算分章或分回,很可先审度一下子了。

剪裁

一个小说家,他若不知道戏剧一类的艺术,他的作品,是不容易成功的。我贸然说出这一句话读者或会莫明其妙,但是我一指出"剪裁"两个字,诸公就会恍然大悟了。

一本戏剧,或一部电影,甚至一张风景画,它所包含的,只是在一个整个事实或情绪中,挖取一部分。看的人,只看了这一部分,对于全体,自然会明白。演剧的人,要演"王三姐抛彩球",并不在乎把做彩球的那一段事实,也要加入戏剧里去的。这一个道理,粗枝大叶,是很显明的。再往细处一点说,有极小的事,要扩大写出来的,像《新年之一夜》的影片里,查票员在电车站外,捡到一双女鞋,这是无关本片情节的,然而这可以写出坐客上下拥挤的情形。又像京戏《翠屏山》,海和尚到杨雄家去的一晚上,这是极富写出的关键,而又极不堪的事。然而戏里,只写迎儿开门、关门而已。而观众自然明白,这个是什么,这就叫作剪裁。

作小说,若是把整个的事实,整个地搬来整个地写出,平铺直叙,不但毫无意趣,而且那事实上的精华,也必定因作者写得拖沓复杂,完全失去。所以作小说的剪裁工夫,是要紧的一件事。同时,我愿把我一点经验,介绍本刊的亲爱的读者。诸公若是愿意作小说可以多看外国电影。因为那上面给予我们剪裁的教训,既明显而又精粹。

> 附志:剪裁和穿插,我们看去,好像是一件事。其实不然。譬如短篇小说,短到一千字以下,是用不着什么穿插的,然而剪裁工夫,却更要仔细。所以剪裁和穿插不是一回事。至于穿插怎样适当,下期可以谈谈。

红学之点滴

谈《红楼梦》,叫做红学,这是百余年来的老话了。自从白话文兴盛以来,《红楼梦》一跃成了文坛上的上客,谈红学的就越发大张旗鼓的干了。

因为这个原故,《红楼梦索隐》《石头记索隐》《红楼梦考证》，纷纷的出世。等到有了胡氏的一篇考证，又把一个红学的考据家打倒。把一个续后四十回的高兰墅，从矿山里挖出来，重现于人世。胡氏为人，尽多谬妄之处，这一件大功，值得凌烟阁上标名，我并不因为我向来不信任胡氏的学说（他的《哲学史大纲》，就不如这一篇考证靠得住），抹杀他这一点。

我们既信任后四十回是高兰墅所作的，我们且另开红学蹊径，先谈一谈高氏的续作。自然，高氏作这四十回书，比曹雪芹自己作上八十回，还要难上几倍。因为他要体贴曹氏的原作，根据他下的线索，造一个结果，在这一层，先要把那八十回读得滚瓜烂熟，把各人的性情举止，都放在脑海，然后随手掏来就是，靠着这点，就不容易，更无论其他了。

上八十回的文笔，和下四十回的文笔，溶化得没一点痕迹，我们若不是知道这书是两个人做的，决不会疑心是两种笔墨，这也是自古有续书者以来不常见的事。这些好处，都不必去细说。而第一件，就是高氏能猜得曹雪芹的意思，打破中国小说团圆的旧套，用悲剧来作终局。因为这样，惹了天下痴心儿女不少的眼泪，抬高《红楼梦》不少的价值。

高作之第一缺点，当为写史湘云并无下场。史湘云在林薛之间，本来没和宝玉发生恋爱之余地，但是曹作金麒麟一段文字，是毫无意义的吗？史湘云醉眠芍药圃那一段事迹，又是没有隐射的吗？

许多红楼后梦续梦之类，也都不曾理会到此层，硬写史湘云已经嫁了人。这种办法高兰墅对之怎样，我不敢说，若是和曹雪芹说，他就很伤心的。宝钗的金锁，是影射宝玉那块玉。史湘云那双金麒麟,又何尝不是影射宝玉那块玉呢?

（原载1927年9月3日、4日北京《世界日报》）

小说中之兀字

前有友人致函相问,谓仆之小说中,喜用兀字以代忽字,知读《水浒》烂熟。然事有不尽然者,敢举一知半解,以供研究。

兀,颇似北人所读之物字,落月韵。词源中收此字,以为系语助词。元人词曲多用之,亦未尽其义。就愚在小说上所看来,宋代京本通俗小说中,即用此兀字。如《碾玉观音》中,"兀自未到家"是。《大宋宣和遗事》中,亦有此兀字。如写高平章至李师师家,"女奴来报,兀的夜来哪个平章到来也"。似宋朝人说话,此兀字为通常应用语也。

兀自,犹言"犹自"也。《水浒传》中,多半作如是解。兀的,则于本文语气中,亦有"犹自""依然"之意,惟不甚明显,不敢附会古人意思。至元词曲中,如"兀的不是……某某来也",等等,则"兀的"又有与"来也"牵连之处,其义仍不可解,惟如作忽然之意,不如作"哪里"解较觉近似耳。

所谓京本通俗小说,其年代分明在南渡之后,"京"应为今之杭州,而非开封之东京,亦非洛阳之西京。故文中之俗语,袭汴洛遗音,杂南方语气,不能纯粹。而平话本,又不免为说书先生底稿,甚至杂入市井语,以求人之了解。如吃酒京本通俗小说,均作吃酒。"不是"是平常,则写作"奢遮"。吃与奢遮,《水浒》亦同也。《水浒》成于元初,元去南宋未远,则宋人用兀,元人亦用兀,在平话文字,为当然可通之事。至近人用此字,本可不必,惟系一种习惯,下笔之时,偶不留心,即为孱入,实未尝有意。盖好涂鸦小说者,未有不读小说之理,亦未有不受先代小说影响之理。为免除读者疑惑起见,最好是不用耳。

仆颇有心研究唐宋小说,以穷小说之源。苦于学识谫陋,而家中又缺少可读之书,只得空具此宏愿。因友问及兀字,乃连琐成为此文,读者进而教之,固所拜嘉也。

(原载1930年2月3日北平《世界晚报》)

我的创作与生活

七十年来，我当记者和写章回小说的生涯占了五十年。有人问我是怎样当新闻记者的，我想若和今天的同行们比，我们那一代只能以骆驼比飞机了。不只肩负的使命不同，生活也不同。至于章回小说，我也学着写了好几十部，只能算是章回小说"匠"，不敢称"家"。一部分书当年也曾风行一时，但今天回想起来，我那些书若是经时代的筛子一筛，值得今天的读者再去翻阅的，也许所剩不多了。

现在且不说我的小说，留着下面去谈。我先写自己的生活过程，由此读者也可以知道我写小说汲取材料的源泉。我南南北北地走过一些路，认识不少中下层社会的朋友，和上层也沾一点边，因为是当记者，所见所闻也自然比仅仅坐衙门或教书宽广一些，这也就成为这写章回小说的题材了。

我祖籍安徽潜山，一八九五年农历四月二十四日出生于江西，原名张心远，笔名恨水。为什么叫"恨水"呢？这也使许多朋友奇怪，为什么别的不恨，单单恨水呢？这是因为我年轻时，很喜欢读南唐李后主的词，他的《乌夜啼》里有一句"自是人生长恨水长东"，我觉得这句很好，就取了个"愁花恨水生"

的笔名。后来在汉口小报上投稿,就取了"恨水"作笔名。当了记者以后,这就成了我的正名,原来的名字反而湮没了。名字本来是人的一个记号,我也就听其自然。可是有许多人对我的笔名有种种揣测,尤其是根据《红楼梦》中"女人是水做的"一说,揣测的最多,其实满不是那回事。

一 十三岁仿作武侠小说

由于父亲早年在江西卡子上作税务工作,因此我的童年是在江西度过的。

当我十岁边上,我父亲接我们到新城县去(新城后改名黎川县),坐船走黎水直上。途中遇到了逆风,船上的老板和伙计一起上岸背纤,老板娘看舵。我在船上无事,只好睡觉。忽然发现船篷底下有一本绣像小说《薛丁山征西》,我一瞧,就瞧上了瘾,方才知道小说是怎么一回事,后来我家里请了一位先生,这位先生也爱看一点。我又在父亲桌上找到了洋装的《红楼梦》,我读了造大观园一段,懒得再看,我正要看打仗的书呢。

这以后我就成了小说迷。我把零用钱积攒下来,够个几元几角,就跑到书铺子里去买小说书。有时父亲要审查,他只准我看《儒林外史》《三国演义》之类,别的书往往被扣留,有时还要痛骂一顿。于是我就把书锁在箱子里,等着无人的时候再拿出来看。尤其是夜里最好,大家睡了,我就把帐子放下,把小板凳放在枕头边,在小凳上点了蜡烛,将枕头一移,把书摊开,大看特看。后来我父亲知道了,每晚都要查上一查,他说十二点以后该睡觉了,在床上点蜡烛太危险,这时他对我看小说也不太反对,索性管我叫"小说迷",我母亲也不管了,渐渐地我有了两三书箱的小说书。

我十一岁时,祖母在故乡死了,父亲带了我返里。家里有残本的《希夷梦》《西厢记》《六国志》(写孙庞斗智)等。不久我们又回南昌,这时我十三岁,开始学着写小说,在一个本子上写以小侠为主人的小说,因为我这时看的小说以武侠为大宗。我写的小侠使用两把铜锤,重有一百多斤,一跳就可以跳过几丈宽的壕沟,打死了一只老虎。我这样写小说,有谁看呢?只有我兄弟、我妹子下学回来无事,各端把矮椅子将我围住,听我讲书,讲的就是我自编的小说,他们居然听得很有味道。因为我写小说以后才发现写了两三天,拿来给他们讲解时,不到一小时就完了。我自己感到这是一个供不应求的艰巨工作。

我还记得,这个稿本,是竹纸小本:约有五寸见方,我用极不工整的蝇头小楷,向白纸上填塞。有时觉得文字叙述还不够劲,我特意在里面插上两幅图画。所画的那位小英雄,是什么样子,我也印象不清了,只是那两柄铜锤,却夸张地画得特别大,总等于人体的二分之一。那只老虎,实在是不像,我拿给弟妹们看时,他们说像狗。这给予我一个莫大的嘲笑,恰成了那个典"画虎类犬"了。

二 上了经馆和学堂

回到南昌以后,我父亲在新淦县三湖镇找到了工作。这

165

里有二道漳江,两岸都栽了橘子树,我的家就像埋在橘子林里。我在家里学了一些八股文。我作过"起讲",也学了诗,懂了平仄,学作过五绝。我记得在《两个黄鹂鸣翠柳》一题里,我有这样十个字:"枝横长岸北,树影小桥西。"后来我懂一点诗,觉得这根本不合题。但我初学作诗,确是这样胡乱堆砌的。这作风,大概维持了两三年之久。我到了三湖,觉得这里住家非常的好,这里有大河激浪,橘树常绿,心想如此诗境多么好,就从这里学起诗来吧。我就常在橘林边的白沙堤上散步,堤外一道义渡,堤上有一座小小的塔,比在城市小巷里接近大自然得多了。

这时我父要我在古文上下点功夫,再送我上学堂。正有一位古文很好的萧先生在附近开设了一座经馆,父亲就送我去念书了。在从前,父命是不能违抗的。这经馆周围的风景比我家还美,场里有水井,橘林外便是漳江,经馆是姓姚的一个祠堂,院里有两棵大树,若是晴天,太阳穿过大树,照见屋里碧油油的。最妙的是萧先生收了一个姓管的学生,他们家里买了许多小说,我们在一个房间攻读,他和我很要好,常把书带来借给我看,我就这样读了不少章回小说,无形中对章回小说的形式和特点有了一些体会。

在经馆里读了一年书以后,我已十四岁了,父亲又把我送入学堂。这时我不只看小说,还看书评。不过,那时候的书评,没有后来风行的书评那么尖锐和细致,但是也可以帮助我懂得哪样书好哪样书坏了。譬如白话小说《儿女英雄传》,我就看着他的言词句子不错,但对人物刻画就差一些了。

那时候,商务印书馆出了《小说月报》杂志,我每月买一本,上面有短篇长篇创作,有翻译小说,使我受益匪浅,于是我懂得买新书看了,跳出了只看旧小说的圈子,也可以算作一种跃进吧。我仔细研究翻译小说,吸取人家的长处,取人之有,补我所无,我觉得在写景方面,旧小说中往往不太注意,其实这和故事发展是很有关的。其次,关于写人物的外在动作和内在思想过程一方面,旧小说也是写得太差,有也是粗枝大叶地写,寥寥几笔点缀一下就完了,尤其是思想过程写得更少,以后我自己就尽力之所及写了一些。

我在学堂里读了一阵书,父亲又把我送到南昌敬贤门外的甲种农业学校去读书,但是不到一年,父亲去世了,母亲就带了我们子女回安徽潜山乡间老家,我的学校生活也中止了。我很忧愁,但是读小说的习惯却依旧。我那年十七岁,写了一篇四六的祭文,大胆地在为父亲除灵举行家祭的灵堂上宣读起来,把稿子也焚化了。我这时有些自负,对乡间那些秀才贡生不怎样看得起,没有什么朋友。家中有一间书房,窗外有桂花树,我常临窗读书,同乡人因而送了我一个外号,叫我"大书箱",意思是我只知念书。我那时真是终日吟诗,很少过问身外之事。

三 从垦殖学堂出来,去演话剧

我在乡间过了半年多,有一个叔伯哥哥叫张东野,笔名张愚公(解放后曾任合肥市副市长,全国人大代表),当时在上海警察局当局长,他觉得我不读书未免可惜,就叫我到上海去,打算让我读书。我到了上海以后,他打听到苏州办了一个蒙藏垦殖学堂,我去考中了,就在苏州住下来,这也为我日后小说写了些苏白进去打了底子。

垦殖学堂就在苏州留园的隔壁,到寒山寺和虎丘都很近。我那时是个贫寒学生,也不敢乱跑,课堂是楼房,打开窗户,附近人家,麦地桑田,小桥花巷,都在目前。我在课余就拿了书本靠在红栏杆之旁细细地看。这时期我读了《随园诗话》《白香词谱》《全唐诗合解》等。楼底下是花园一角,我也常去玩,高兴起来就题几句诗。

我在苏州读书,当然很好,可是我没有钱用,于是想起投稿来。我试写了两篇短篇小说,一篇叫《旧新娘》,是白话的;另一篇叫《梅花劫》,是文言的。这时大概是一九一二年或一九一三年。我当时没有一点社会经验,并不十分懂得什么叫"劫",什么叫新旧,姑且一写就是了。稿子写好了,我又悄悄地付邮,寄去商务印书馆《小说月报》编辑部。稿子寄出去了,我也只是寄出去而已,并没有任何被选的幻想。可是事有出于意外,四五天后,一封发自商务印书馆的信,放在我寝室的桌子上。我料着是退稿,悄悄地将它拆开。奇怪,里面没有稿子,是编者恽铁樵先生的回信。信上说,稿子很好,意思尤可钦佩,容缓选载。我这一喜,几乎发了狂了。我居然可以在大杂志上写稿,我的学问一定是很不错呀!我终于忍住这阵欢喜,告诉了要好的同学,而且和恽先生通过两封信。但是我那两篇稿子,一月又一月,一年又一年,直到恽先生交出《小说月报》给沈雁冰先生的那一年,共有十个年头,也没有露面。换句话说,是丢下字纸篓了。这封信虽然是编辑部对一般作者的复信,但是对我的鼓励却很大,后来我当了五十年的小说匠,他的这封信是对我起了作用的。

我在垦殖学堂读了一年书,正值二次革命起来了,我们这学校是国民党办的,所以也成了讨袁军的一支力量,把写了"讨袁军"字样的旗子挂起。可是没有几天就垮台了,学校也就解散。

这样一来,我又失学了,可是我还没有死心,带了四五元钱去到南昌,找了一个补习学校补习英文、算术。想考大学,但是家中没钱,父亲过去在南昌置了点房产,所收房租只够我付补习学校学费的,借债不是个长局。后来母亲把房子卖了八九百元钱,由她收管度日,我不便拿。为了找出路,我就带了一包读书笔记和小说到汉口去了,因为有个本家叔祖张犀草在小报馆里当编辑。他虽然大我两辈,年龄却比我大得有限,他认为我的诗还不错,就叫我投给几家报馆,但是并不给稿费,当时的小报馆都穷得很,于是我的诗开始问世,却还没发表小说。

这时,我的堂兄张东野已到长沙改行演话剧,取了个艺名叫张颠颠,而且演得很红。不久他也到汉口来,在汉口没演成,又要到常德去,我于是也随他到湖南去了。

我堂兄在常德参加的那个话剧社里有两位知名的话剧家,一位是演主角的李君磐,一位是演旦角的陈大悲。我去了也参加演出,头一场演《落花梦》,派我一个生角,是个半重要的角色,大家认为我演得还不错,就是说话太快了一点,派戏人说,演演就好了,我听了也很高兴。初步定了我三十元的月薪,李君磐和陈大悲也不过百多元。不过薪金是有名无实的,我从没拿过三十元,十元也没拿过,但是伙食很好。我的另一件工作是编说明书,一张说明书不过三五百字,没有什么为难,我的工作不忙,有时就约朋友出城去玩。

混到阴历边,剧社就派了一个分班到津市去演出,我也去了,在这个小码头上演,生意却很好。两个月后又到澧县,在这里演了两个月,好消息来了:袁世凯死了,我们全班人马要到上海去演戏,我分了三十多元薪金,够我到上海去的路费了。到了上海,有个芜湖《皖江报》的编辑郝耕仁和我堂兄住在一起,他大我十岁,是前清一个秀才,写得一笔好字,能诗能文,他看我一点点年纪,和我堂兄一路瞎跑瞎混,认为究竟不是路子,他劝我,既有这番笔墨,可以到内地去找个编辑做做。这番话给我相当影响,但是一时没有办法。我随了李君磐的戏班到了苏州,可是因为我苏州话说不太好,只得又随另一批人到南昌去演戏,仍旧穷得混不下去,我就借了路费回了安徽老家。

四 和郝耕仁去卖药

我回家时二十二岁,自己打算读些书再找工作不迟。于是在家中百事不问,一径地看书。也试写了几篇小说,有《紫玉成烟》《未婚妻》等,都是文言的。

过年以后,接到郝耕仁来信,约我一起去卖药。郝的理想是渡长江,穿过江苏全境,进山东,再去北京。至于药,他家有祖传的,沿途还可以买,不用发愁。我正无事可做,心想跑跑长途也好。到三月初,我和他在安庆会面,就同行到了镇江,又坐上到仙女庙的船过江。仙女庙是个小镇市,我们在一家小客店落脚,临近就是运河,有一道桥通到扬州。那晚月色很好,我们俩在桥上闲步,看到月华满地,人影皎然,两岸树木村庄,层次分明。有渔船三五,慢慢地往身边走,可是隐约中不见船身,只见渔灯,从这里顺流而下。郝耕仁说,这里很好,他要吟诗,于是就乱吟一阵。眼见月亮西斜,我们才回小客店。第二天我们到邵伯镇去,只有二三十里路程,当然是步行而去,这日天气很好,我们背了小提箱,且谈且走,村庄里树木葱茏,群鸟乱飞,田野中麦苗初长,黄花遍地,农民背着斗笠,在麦地里干活。

原来邵伯镇很繁盛,镇上什么东西都有的卖。我们在一家旅馆歇下,旅馆经理是个小官。门口两个长脚灯笼上写着"九门都统"衔,分明是个北京官了。我们写店簿的时候,在职业项下填了一个"商"字,茶房不信。回头经理也来了,他说我们虽然是送药来卖,可是要找个保才行。郝耕仁出去找了一个西药店的经理,把这番出来卖药的经过谈了。那位经理很同情,但是他劝我们不必远行了,说这一带是给军人统治,要小心些,最好还是回去为妙。他替我们作了保,还借给了路费,我们就是次日离开了邵伯镇返回南方。

我们又想到上海去看看,就搭了一种"鸭船",就是船头上堆满了鸡鸭笼子的船,风把鸡鸭屎的臭味直送向乘客,蚊子也多得没法扑打。我说出门真难,郝耕仁说这不算什么,昨天我们在旅馆里的时候,茶房就轻轻对我说,镇上保卫团里的人已经住到我们对过房间里来,只要他说声"捉",我们就得跟了走。我听了说,这好险啊,想到这,鸡鸭齐叫,臭气熏人,蚊子乱咬,也就不在乎了。鸭船到了通扬州的大河港口就靠了岸,他们的鸡鸭在此等轮船运到上海,我们也在这里投宿一家小旅馆,是一间统舱式的茅草棚子,里面架了成行的木板当床,被子很脏,还有膏药的黑点子,跳蚤也多,但是比鸭船要好一点,我们就出了几个铜板,安歇一晚。旅馆老板大声说,轮船要到第二天九点钟才到,不忙,客人睡吧,我一觉醒来已经七点钟,郝耕仁已到街上去了。这种旅馆是不供应水的,要洗脸漱口,须要到街口茶楼上去办。郝耕仁兴致很好,喝了酒,吃了猪肝,我吃了包子。我们上船较迟,在一个汽洞里安身。在船上只能买豆腐乳下饭,统舱是不供菜的。

五 到芜湖当报馆编辑

在上海找不到出路,郝耕仁和我只好各自离去,他回芜湖报馆当编辑,我回家去自修。半年以后,郝耕仁给我来信,他要到湖南一个部队朋友那里去做事了,芜湖《皖江报》编辑的事可以由他保我接任。我决计边学边作,就向母亲要了四元钱路费动身到芜湖去。

我的记者生涯开始了,这时我已二十四岁。《皖江报》的编辑张九皋领我会见了谭经理,他们信得过郝耕仁,也就信得过我。分派给我的工作是每天写两个短评,还要编一点杂俎,新闻稿子缺少,就剪大城市报纸,工作并不难。我初作头一天怕不合适,把短评给经理看,他说很好,我心想这一碗饭算是吃定了。另外几个编辑是能编不能写。当时张九皋月薪八元,李洪勋六元,曹某五元,给我也定了八元。一共就是我们四个人在编辑部里,张九皋自己在外面还办了一个《工商日报》，曹某在那里兼校对。李洪勋在《皖江报》编地方新闻，照例各公署会给他一点好处。我倒也不在乎钱多钱少，好在伙食相当好，待我也客气，我自己有个房间，可以用功，因此种种，我倒很安心工作。到了晚上，作好了两篇短评，就和李洪勋上街去玩玩，吃碗面，再来几个铜板的熟牛肉。

李洪勋说："你老兄笔墨很好，要是到大地方去，是很有前途的，何必在这里拿八元钱一个月呢。"我说："你这话也许不错，但是要慢慢地来，我碰了不少钉子，凡事要有一定的机会。"不久，报馆里知道我是待不长久的了，谭经理就给我加了四元月薪，还许愿说，将来给我在马镇守使那里兼个差事，其实我对钱并不看得那么重，我对谭经理说不必多心。

一九一九年，五四运动起来了，南北青年都很激动。我们也很关心，就在报上办起周刊一类的东西。经理看着我们办，并不说话。

报馆里除了我们四个编辑外，有一个人专收广告，一个人专管财务，三个人摇机器。只有一架平版机，排字房里有十来位工人，一天印个千把份报纸，每日下午三四点钟，就得等看上海报，以便剪用。

上海的《民国日报》是国民党办的，有一个《解放与改造》副刊，我的第一篇小说就是那上面发表，一起是两篇：《真假宝玉》和《小说迷魂游地府记》，一共一万多字。《民国日报》很穷，也是不给稿费的。后来出了书，名为《小说之霸王》。我在《皖江报》上写的《皖江潮》长篇小说，因我去北京而中止。

我上北京，是一个叫王夫三的朋友鼓励我去的。他在北京，因事南下时碰到我，保我能在北京找到饭碗。于是我就把皮袍子送进"当铺"当了,又蒙一位卖纸烟的桂家老伯借给我一些钱凑作路费,动身去北京了。

六　到北京去

到了北京,王夫三引我去见秦墨哂,这位老记者如今还健在。他先是给《时事新报》发电报,后来又当《申报》记者。秦表示很欢迎我,要我每天发四条新闻稿子,新闻来源他们那里有,决定每月给我十元月薪,如果稿子多,还可以外加。王夫三替我表示,我来北方是为了学习,目的不在钱。秦说:那就很好。于是先借我一个月的工资,我赶快寄还给芜湖那位借给我钱的桂家老伯。

我住在会馆里,每月房饭也要十多元,一切不用自己操心,自己可以用功,我这时努力读的是一本《词学全书》。每日从秦墨哂家回来,就摊开书这么一念,高起兴来,也照了词谱慢慢地填上一阕。我明知无用,但也学着玩。我的小说里也有时写到会馆生活的人物,也写点诗词,自然与这段生活有关了。

一天我在交过房、饭费后,只剩下一元现大洋了,这一块钱怎么花呢?恰巧这时梅兰芳、杨小楼、余叔岩三个人联合上演,这当然是好戏,我花去了身上最后一块现大洋去饱了一下眼福耳福。有一个朋友方竟舟以前也在安徽报馆工作过,彼此熟识,一天他对我说:"你口袋里的钱已经不响了,大概缺钱用了吧? 有个朋友成舍我在《益世报》做事,想找一个人打下手,你去不去?"我好在下午和晚上没有事,很愿意兼个差事，就答应了。经他介绍我就认识了成舍我。成又给介绍了经理杜竹萱。《益世报》是天主教办的报纸，所以杜说，在新闻和评论方面只要不违背天主教就行，此外随便说什么都可以。至于我的工资，规定是三十元一个月。

《益世报》当时在新华街南口，除了总编辑成舍我外，有吴范寰、盛世弼、管窥天和我几个编辑，还有两个校对，另有主笔一人，每天做一篇社论。社址有三进房屋，前面一排是营业所，有两个收广告财务。中进是排字房，有二十几位工人，还有两架平版机和一架小机器，两侧是堆纸的屋子。经理室、编辑部、厨房全在后进。新闻和副刊全在这里编。要说是每天出两张大报，这点房子真不算多，尤其是比起今天的报社来，就会让人笑掉大牙。但是当时其他报纸，往往是只租一所小小的房子，门口挂一个木牌，就算报社了，其报纸大都是找印刷所代印的。

我在北京《益世报》大约干了一年，因为我在业余时间朗读英文，同院住的经理的新太太嫌吵，就把我调任天津《益世报》的驻京记者，每两天写一篇通讯，这样就离开北京《益世报》馆。到后期我的月薪加到七十元一月。

当秦墨哂作《申报》驻京记者时，他还兼着"远东通讯社"的事，每月送他六十元，他忙不过来，就约我分担一半。后来他又凑了个孙剑秋，办了个"世界通讯社"，约我作总编辑。我是个不会跑腿的人，通讯社的消息从哪里来呢？秦墨哂虽然答应我从他那里挖一点去，但是我想他还是从别人那里挖消息的，岂能让我再挖，我暂时只好答应。我先后住过王夫三的会馆和潜山会馆，这时就搬到通讯社里去住。

通讯社也就是供稿社。当年大凡一个人在政治上有点办法,就拿出几百元办个通讯社,此外每月还要二百多元经费。主办"世界通讯社"的经济后台老板是张弧——当年的财政总长。他究竟为办通讯社花了多少钱,我也不清楚。我当总编辑,每月支二十元,只够吃饭。每天的头条新闻却是煞费心思的,因此我在通讯社里始终抱一个五日京兆的意思。

后来成舍我和我们全部离开了《益世报》,成舍我混进了众议院当秘书。我辞了"世界通讯社"的工作,给《新闻报》《申报》写通讯,我的新闻来源也往往是去找成舍我想办法。他一度办了个"联合通讯社",我又去帮他的忙。成和杨璠结了婚,家用大了,他又弄到了教育部秘书的职务,成舍我是个不甘寂寞的人,精力充沛,从新闻界跳入政界,在政界又兼办新闻。不久,他又办了一张《世界晚报》,让我包办副刊,我给这副刊起名叫《夜光》。我只支三十元月薪,样样都得自己来,编排、校对,初期外稿不多,自己要写不少。

七 《春明外史》问世

我编《夜光》很起劲。不到三十岁,混在新闻界里几年,看了也听了不少社会情况,新闻的幕后还有新闻,达官贵人的政治活动、经济伎俩、艳闻趣事也是很多的。

在北京住了五年,引起我写《春明外史》的打算。"春明"是北京的别称,小说从一九二四年四月十二日,开始在《夜光》上发表,每天写五六百字,一直到一九二九年一月二十四日才登完,其间凡五十七月,约有百万字。最后由世界书局印行,全书分十二册,头两集也分别在北京出版过,但也不过只印几千本就是了。世界书局在全书出版前,在《申报》《新闻报》登了两栏广告,把八十六回回目一齐登了出来,定价十元零八角,一印起码上万部,不久又再版,又印缩版,缩版是改五号字,印成两本,定价两元多钱。我是卖版权的,所以出多少版,与我也没关系了。朋友们关心我,说"你后悔了吧",我说,我不后悔。我没有世界书局那么多的本钱,也没有本领在许多码头开设支局。

《春明外史》是以记者杨杏园的生活为中心的,也可以说多多少少有些传记小说的味道,一开头就交代杨杏园是皖中的一个世家子弟,喜欢写诗填词,发泄满腹牢骚,"却立志甚佳,在这部小说里,他却是数一数二的人物呢"。自然,这个"志",是不能以今天的标准来衡量的。书的前半部写了杨杏园和青楼中的清倌人梨云的恋爱,但是他还没有决心娶她,也没有可能为她赎身,终于在"满面啼痕拥衾倚绣榻、载途风雪收骨葬荒邱"的第二十二回里让梨云染病死去。

书里写的杨杏园对梨云十分多情,在她死后,还常在自己会馆里的桌子上供她的相片和瓜果。一直到书的结尾,杨杏园也没有成家,而且短寿而死。

许多朋友问我:你真认识过梨云这么一个清倌人吗,你真对她那么痴情吗?真有李冬青那么个人吗?还有人问,某人是否影射着某人?其实小说这东西,究竟不是历史,它不必以斧敲钉,以钉入木,那样实实在在。《春明外史》的人物,不可讳言的,是当时社会上一群人影,但只是一群人影,决不是原班人马。这有个极好的证明,例如主角杨杏园这人,人家都说是我自写。可是书中的杨杏园死了,到现时我还健在,宇宙里没有死人能写自传的。

《春明外史》,本走的是《儒林外史》《官场现形记》这条路子。但我觉得这一类社会小说犯了个共同的毛病,说完一事,又递入一事,缺乏骨干的组织。因之写《春明外史》起初,我就先安排下一个主角,并安排下几个陪客。这样,说些社会现象,又归到主角的故事。同时,也把主角的故事,发展到社会的现象上去。这样的写法,自然是比较吃力,不过这对读者,还有一个主角故事去摸索,趣味是浓厚些的。当然,所写的社会现象,决不能是超现实的,若是超现实,就不是社会小说了。

《春明外史》,除了材料为人所注意而外,另有一件事,为人所喜于讨论的,就是小说回目的构制。因为我自小就是个弄词章的人,对中国许多旧小说回目的随便安顿,向来就不同意,既到了我自己写小说,我一定要把它写得美善工整些。所以每回的回目,都很经一番研究。我自己削足适履地定好了几个原则。一、两个回目的上下联要能包括本回小说的最高潮。二、尽量地求其词华藻丽。三、取的字句和典故,一定要是浑成的,如以"夕阳无限好",对"高处不胜寒"之类。四、每回的回目,字数一样多,九字回目,求其一律。五、下联必定以平声落韵。这样,每个回目的写出,倒是能博得读者推敲的。可是我自己就太苦了,往往两回目,费去一二小时的工夫,还安置不妥当。因为藻丽浑成都办到了,不见得能包括这一回小说最高潮。能包括小说最高潮,不见得天造地设的就有一副对子。这完全是求好看的念头,后来很不愿意向下做。不过创格在前,一时又收不回来,因之这个作风,我前后保持了十年之久。但回目作得最工整的,还是《春明外史》和《金粉世家》,其他小说,我就马虎一点了。在我放弃回目制以后,很多朋友反对,我解释我吃力不讨好的原故,朋友也就笑则释之了。谓不讨好云者,这种藻丽的回目,成为"礼拜六派"的口实。"礼拜六"派,多是散体文言小说,堆砌的词藻,见于文内,而不在回目内。"礼拜六"派也有作章回小说的,但他们的回目,也很随便。不过,我又何必本末倒置,在回目上去下功夫呢?

《春明外史》发行之后,它的范围,不过北京、天津,而北京、天津,也就有了反应和批评。有人说,在五四运动之后,章回小说还可以叫座儿,这是奇迹。也有人说,这是"礼拜六派"的余毒,应该予以扫除。但我对这些批评,除了予以注意,自行检讨外,并没有拿文字去回答。在五四运动之后,本来对于一切非新文艺形式的文字,完全予以否定了的。而章回小说,不论它的前因后果,以及它的内容如何,当时都是指为"鸳鸯蝴蝶派"。有些朋友很奇怪,我的思想,也并不太腐化,为什么甘心作"鸳鸯蝴蝶派"?而我对于这个派不派的问题,也没有加以回答。我想,事实最为雄辩,还是让事实来答复这些吧!

八 《金粉世家》在《世界日报》上发表

《世界晚报》办了一年多,《世界日报》才问世,成舍我觉得晚报总不如日报神气,就找到了些搞政治的人出钱支持他,除了买两架平版机、小机器、石印机以外,还得有每月的经费。手帕胡同的房屋不够了,找了石驸马大街的房子,也就是解放后《光明日报》社的一部分,再往后还买过西长安街的一座旅馆房子,现在已经拆掉了。

《世界日报》出两张,编辑部里有了十几个人。副刊《明珠》仍由我包办,我同时仍编晚报的副刊《夜光》,忙不过来,就另请了张友渔、马彦祥、朱虚白、胡春冰四位一起办副刊。

我在《世界日报》发表小说《新斩鬼传》,还有《金粉世家》。后者和《春明外史》一样,出书时都印成十二本,约一百万字。在《世界日报》刊登时,都没有拿到多少钱。因为那时成舍我常到南京国民党政府那里去奔走,后来在南京办了一个《民生报》,把《世界日报》的财务交给他太太杨璠,大家要钱用,就到杨女士那里去支,但当时报馆发不出月薪,我们只能领一点零钱,其余的由杨女士给我们开一张欠薪的借条,这样做不止一回。我认为成舍我是我们的朋友,他欠了我们的薪水,有了钱自然会还,还要他太太的借条干什么呢?我就把借条扯碎了。过了一年多,北伐后成舍我回到北京,我向他算这笔旧账时,他说:"借条呢?"我说:"我扯碎了。"他说:"那就不好办了!"我自然没有办法。

这时《益世报》和《晨报》也要我写小说发表,既然《世界日报》欠着我薪水,我在编余时间为外报写小说,他们也不便干涉。我写了《剑胆琴心》给《晨报》。这时《益世报》已江河日下,但是还有点人情关系,也给他们写了一篇。万枚子等友人办北京《朝报》时,我又写了《鸡犬神仙》,该报不久停刊。这时,我因时间不够支配,就把秦墨哂处的工作和天津《益世报》的通讯全辞掉了。又有人介绍我给上海有名的小报《晶报》写《锦片前程》。我同时写的几篇长篇小说,怎么进行呢?也没有别的好办法,只能先写好每篇小说的人物故事提纲,排上轮流写作的日表,今天写《剑胆琴心》,明天就写《锦片前程》,严格执行。关于《金粉世家》,那是天天要写的,里面人物多、场面大、故事曲折,我也就只好勾出个轮廓来,每天写上七百字到上千字。

《金粉世家》全书一百一十二回,世界书局出书时,又包了《申》《新》二报的广告栏,把回目全登上去,分两日刊登。这书里写了金铨总理一家的悲欢离合、荒淫无耻的生活,以金燕西和冷清秋一对夫妇的恋爱、结婚、反目、离散为线索贯穿全书,也写了金铨及其妻妾、四子四女和儿媳女婿的精神面貌和寄生虫式的生活。自然,也反映了当年官场和一般的上中层的社会相。

社会上有人猜想:我写金铨一家是指当时北京豪门哪一家呢。其实谁家也不是,写小说不是写真人真事,当然也离不了现实基础,纯粹虚构是不行的。用个譬喻,乃是取的"海市蜃楼"。海市蜃楼是个幻影,略有科学常识的人都知道,它并不是海怪或神仙布下的疑阵,而是一种特殊自然现象的反映。明乎此,就知道《金粉世家》的背景,是间接取的事实之影,而不是直接取的事实。作为新闻记者,什么样的朋友都结交一些。袁世凯的第五个儿子和我比较熟,从他那里听到过一些达官贵人家的故事。孙宝琦家和许世英家我也熟悉。有时我也记下一些见闻,也就成为写小说的素材。

像冷清秋那样的遭遇,我也是屡见不鲜的,一个出身比较平常的姑娘嫁到大宅门里,也许是一时由于虚荣心作祟吧;但是,不是由于丈夫薄幸,就是由于公婆小姑妯娌瞧不起,慢慢地就会出现裂痕,以悲剧结局。冷清秋也是由于金燕西的多角恋爱、挥霍无度、不知上进而上楼礼佛,终至在一场火灾中抱了独子出走,写得似乎是没有遁入空门,而是在西郊隐居起来。我没有安排冷清秋死去,当年大约是为了安慰读者的。但就全文命意说,我知道没有对旧家庭采取革命的态度。在冷清秋身上,虽可以找到了些奋斗精神之处,并不够热烈。这事在我当时为文的时候,我就考虑到的。但受着故事的限制,我没法写那样超脱现实的事。在"金粉世家时代"(假如有的话),那些男女,你说他们会具有现在青年的思想,那是不可想象的。后来我经过东南、西南各省,常有读者把书中的故事见问。这让我增加了后悔,假使我当年在书里多写点奋斗有为的情节,不是会给妇女们有些帮助吗?

有人喜欢研究小说人物的名字来由,我有时喜欢用名字象征性格,如冷清秋便是。有时却又改一改现实人物的名字,我有位叔祖名张犀草,在《春明外史》里就借用它成了一个诗人的名字。

九 从《啼笑因缘》起决心赶上时代

到我写《啼笑因缘》时,我就有了写小说必须赶上时代的想法。这小说一九三〇年发表在《新闻报》上,是应严独鹤先生之约写的。记得我在写《啼笑因缘》的第一天,是在中山公园小土山下水亭子边构思的,当时一面想,一面笔记,就这样勾画出了这本书的轮廓。而这时土山上正有几个姑娘在唱歌呢。当然,我的所谓赶上时代,只不过我觉得应该反映时代和写人民就是了。北洋军阀统治时期,军阀们为非作歹的事情太多了,就是新闻记者也可以随意捉去坐牢枪毙。于是我写了以学生樊家树和唱大鼓书的姑娘沈凤喜的爱情,和他们被军阀刘将军拆散的故事。最后,这个姑娘被刘将军逼疯了,遭到了悲剧的下场。

因为上海《新闻报》和我初次订契约,我想像《春明外史》那样的长篇是不合适的,于是我就想了这样一个不太长的故事。在那几年间,上海洋场章回小说,走着两条路子,一条是肉感的,一条是武侠而神怪的。《啼笑因缘》和这两种不同。另一点是《啼笑因缘》中对话用的是北京话,与当时上海的章回小说也不同。因此,在这部小说发表的起初几天,有人看了觉得眼生,也有人觉得描写过于琐碎。但并没有人主张不向下看。载过两回之后,读者感到了兴趣。严独鹤先生特地写信告诉我,让我加油。一面又要求我写一些豪侠人物,以增加读者的兴趣。对于技击这类事,我自己并不懂,而且也觉得是当时一种滥调,我只能把关寿峰和关秀姑两人写成近乎武侠的行为,并不过分神奇。这样的人物是有的。但后来还是有人批评《啼笑因缘》的"人物",说这些描写不真实。此外,对该书的批评,有的认为还是章回小说旧套,加以否定。有的认为章回小说到这里有些变了,还可加以注意。大致地说,主张文艺革新的人,对此还认为不值一笑。温和一些的人,对该书只是就文论文,褒贬都有。但不管怎么说,这书惹起了文坛上很大注意,那却是事实。有人并说,如果《啼笑因缘》可以存在下去,那是被扬弃了的章回小说又要还魂,我没料到这部书会引起这样大的反应,当然我还是一贯地保持缄默。我认为被批评者自己去打笔墨官司,会失掉有则改之、无则加勉的精神,而徒然搅乱了是非。后来《啼笑因缘》改编成电影,明星电影公司和大华电影片社为争夺拍摄权打一年的"啼笑官司",在社会上热闹了一阵,连章士钊先生也曾被聘请为律师调解诉讼。不过这些批评和纷争,全给该书做了义务广告。《啼笑因缘》后来还曾多次被搬上银幕和舞台。它的销数超过了我其他作品,所以人家说起张恨水,就联想到《啼笑因缘》。

这本书发表后,许多读者来信询问主人翁的下落,要求写续集,无法一一回信作答,因此我后来写了一篇《作完〈啼笑因缘〉的说话》,其中说:"《啼笑因缘》万比不上古人,古人之书,尚不可续,何况区区……《啼笑因缘》自然是极幼稚的作品,但是既承读者的推爱,当然不愿它自我成之,自我毁之。若把一个幼稚的东西再幼稚起来,恐怕也有负读者之爱了,所以归结一句话,我是不能续,不必续,也不敢续。"

过了三年,由于读者的爱好,我自己没有续,却出现了一些由别人写的《续啼笑因缘》《反啼笑因缘》《啼笑因缘零碎》等等,全都是违反我本意的。为了这个原故,我正踌躇着,原来印书的三友书社又不断来催促我续著。当时正值日军大举进攻东北,我想如果将原著向其他方面发展,也许还不能完全算是蛇足。所以就在续集中写了民族抗日的事。但至今回想起来,就全书看还是不续的好,抗日的事可以另外写一部书嘛。

十　卖版税和办美术学校

有了以上几部稿子,我受到了上海出版商的注意,他们约我到上海去订合同,预约我的小说出版。去沪以后,招待欢迎,走时欢送,稿费从优,但是我一般全是卖版税,书印若干万册或若干版,与我无干。记得在上海先看见了编《红玫瑰》杂志的赵苕狂,他又给我引见了世界书局经理沈知方,我一次预支了稿酬八千元,决定《春明外史》由他们第三次出书,《金粉世家》也由他们出版,再次就是正在上海《新闻报》刊登的《啼笑因缘》了。

　　这时我有了钱,就写信给郝耕仁,叫他到上海来玩玩。他来了,我分给他一些钱,又同路去逛西湖。郝耕仁这时还劝我节约一些,别把心血换来的钱全虚掷了。我回到北京以后,手上还有不少钱,虽然也没有什么了不起,但对我的帮助还是很大的。首先我把弟妹们婚嫁、教育问题解决了一部分。又租了一所房子,院子很大,植了不少花木,很幽静。这一切,在精神上,对我的写作是有益的。

　　这时我很忙,我算了一下,约有六七处约稿,要先后或同时写起来,我因此闭门写作了一年。每天我大概九点钟开始写作,直到下午六七点钟,才放下笔去吃晚饭,饭后稍稍休息,又继续写,直到晚上十二点钟。我不能光写而不加油,因之登床以后,我又必拥被看一两点钟的书。看的书很拉杂,文艺的、哲学的、社会科学的,都翻翻。还有几本长期订的杂志,也都看看。我所以不被时代抛得太远,就是这点加油的工作不间断的原故。否则我永远落在民国十年以前的文艺思想圈子里,就不能不如朱庆馀发问的话,"画眉深浅入时无"了。

　　这时,我读书有两个嗜好,一是考据,一是历史。为了这两个嗜好的混合,我像苦修和尚,发了个心愿,要作一部中国小说史,要写这部书,不是光在北平几家大图书馆里可以把材料搜罗全的。自始中国小说的价值,就没有打入四部、四库的范围。这要在民间野史和断简残编上去找。为此,也就得多转书摊子,于是我只要有工夫就揣些钱在身上,四处去逛旧书摊和旧书店。我居然找到了不少,单以《水浒》而论,我就找了七八种不同版本。例如百二十四回本,胡适就曾说很少,几乎是海内孤本了。我在琉璃厂买到一部,后来在安庆又买到两部,可见民间蓄藏是很深厚的,由于不断发掘到很多材料,鼓励我作小说史的精神不少。可惜遭到"九一八"大祸,一切成了泡影。材料全部散失,以后再也没有精力和财力来办这件事。

那几年由于著作较多,稿费收入也就多些。这时因我四弟牧野是个画师,邀集了一班志同道合的人,办了个"北华美术专科学校"。我不断帮助他一点经费,我算是该校董事之一,后来大家索性选我做校长。我虽然有时也画几笔,但幼稚的程度比小学生描红模高明无多。我虽担任校长,并不教画,只教几点钟的国文,另外就是跑路筹款。记得当时在"北华美专"任教的老师有于非闇、李苦禅、王梦白等先生。后来一些在艺术上有成就或在社会上知名的人如张仃、蓝马、张启仁等就是这个学校的学生。

十一　两度去西北

关门写小说一年以后,我有了西北之行。一方面是,自是《啼笑因缘》以后,我有赶上时代的要求,另一方面,也深知写小说不多了解一下老百姓的事是不行的。这时正是很多人热心上西北的时节，为了西北地广人稀，有丰富的资源待开发。当时陇海铁路只通到潼关为止，再向前就坐汽车了。

我在家筹划了一个多月，就带了一件小行李，在五月里出发，我到郑州、洛阳，一直到火车终点潼关为止。我看了三省交界的黄河，倒是气势雄壮。省政府的汽车送我们到了西安。这时西安只有三十万人口，也许因为战争关系，实数还不到三十万。邵力子先生时任陕西省长，他很帮忙，听说我要去兰州，说坐省里公事汽车可以随时上下，比商车方便。后几天搭上了西兰公路刘工程师的车子，后面还有一部不带棚的敞车。

一路西行，要经过近二十个县，除了平凉而外，就没有一个县城像样的，人口少，市面荒凉。比起我久居的江南来，这里一个县城不如江南一个村镇。同车的刘工程师对我说："你还没到县里头去看看呢，老百姓的衣服不周，十几岁的闺女往往只以沙草围着身子过冬，没有裤子穿，许多县全是如此。"

那时兰州只有十四万人口，建筑很古老，算是当时的一个边防城市，兰州的人民生活也不见好。从这以后，我才觉得写人民的苦处，实在有我写不到想不到的地方。所以我说，读万卷书，走万里路，扩大眼界，是写小说的基本工作。

我从西北归来，就写了《燕归来》，发表在《新闻报》上，又写了《小西天》，发表在《申报》上。此行未去新疆。我国的版图多么大，我心想我这一生能跑得周么！

《燕归来》是写一个女孩子自幼因逃荒从甘肃离家，后来在南京当了体育皇后，为了开发西北，就和几个男朋友由陕西大路归来，找到了自己的家庭。故事人物是我在西北亲见亲闻的,西北人民生活水平之苦是我以前都想象不到的。

一九五六年文联组织了一个作家艺术家参观团,我随团又游历了西北。这次看到西北人民生活比解放前有了很大提高,整个的西北面貌发生了极大的变化。铁路线过了兰州,公路四通八达,新建了许多工厂、矿山,使我非常兴奋,也增长了不少见闻。有一晚,在兰州玩得太高兴了,误了晚饭,同行十几个人走到了一家酒饭馆里,他们也已停止营业。有位朋友说:"这是你在写《燕归来》时遇到过的事吧,这次玩得太起劲了。"柜台里站了一位老先生,听了这话,对我望望,便对我说:"您从北京来吗?是姓张吗?"我说是的,他又说:"你有四六文章很好,我在《春明外史》里见过。"我听了真是受宠若惊。他又说:"第一次来与第二次来,有好多不同吧?"我笑说是,同行的人觉得老先生和我攀起交情来,吃饭有希望了,便向老先生央求做饭。老先生说:"张先生是稀客,开晚饭,有有有。"我们十几个人上饭厅饱餐了一顿。这件巧遇不算希奇,我的书能在二十年前西北交通不便的时候来到西北,是没想到的事。

十二 抗日战争前后

一九三一年"九一八"国难来了,举国惶惶,我自己想到,我应该作些什么呢?我是个书生,是个没有权的新闻记者。"百无一用是书生",惟有在这个时期,表现得最明白。想来想去,各人站在各人的岗位上,尽其所能吧。也就只有如此聊报国家民族于万一而已。因之,自《太平花》改作起,我开始写抗战小说。但是当时的国民党政府采取不抵抗政策,所以我尽管愤愤不平,却也没有办法,因此我所心向的御侮文字,也就吞吞吐吐,出尽了可怜相。例如我在《弯弓集》中写了几首诗,就是这种心情的写照。

> 六朝金粉拥千官,王气锤山日夜寒。
> 果有万民思旧蜀,岂无一士复亡韩。
> 朔荒秉节怀苏武,暖席清谈愧谢安。
> 为问章台旧杨柳,明年可许故人看。

> 含笑辞家上马呼,者番不负好头颅;
> 一腔热血沙场洒,要洗关东万里图。

那时我在北平,在两个月工夫内,写了一部《热血之花》和一个小册子《弯弓集》,都是鼓吹抗战的文字。当然这谈不上什么表现,只是说我的写作意识,转变了个方向,我写任何小说,都想带点抗御外侮的意识进去。例如我写《水浒别传》,就写到北宋沦亡上去。当然,这些表现都是很微渺的,不会起什么大作用,仅仅说,我还不是一个没有灵魂的人罢了。

以后我又给上海《申报》写了《东北四连长》(后易名《杨柳青青》)以及《啼笑因缘续集》等,都表现了抗日的思想。

一九三五年秋,成舍我在上海创办《立报》,我包办其中一副刊《花果山》。原想只帮助办一个短时期,等有些眉目后就回北方。谁知北平家中来了急电,叫我不必回去。原来冀东已出现了日伪傀儡政权,迫害爱国的文化界人士,有一张黑名单,我也名列榜上,因而就不能北上了。

后来我又转到南京,因为老友张友鸾约我投资创办《南京人报》,经他多方敦促,我们花了五千元买机器、字架和纸张,办起报来,我并自编副刊《南华经》,自写两部小说:《中原豪侠传》《鼓角声中》。我办《南京人报》,犹如我写《啼笑因缘》一样,惊动了一部分人士,出版第一日,就销到一万五千份。这时我还为别的报写了太平天国逸事《天明寨》和一篇关于义勇军的故事《风雪之夜》。不久"七七"事变发生,我把家眷送回潜山老家,携带了个小行李卷离开南京去内地。由于冀东伪政权的出现,我不能回北平,又加上这次南京遭受轰炸,我只身入川,因此我的全部财产和多年搜集的资料书籍也全都抛弃了。路过汉口时,全国抗敌文协成立,我被推选为理事,接着我到了重庆。

这时南京《新民报》已经迁渝,张友鸾就向陈铭德先生推荐我加入《新民报》,从此我就在《新民报》工作十余年。当过主笔,也当过经理,也写小说、诗、文在报上发表。入川后我写的第一部小说《疯狂》,就是在《新民报》上发表了。我在抗战的前期写了一些有关游击队的小说,如《冲锋》《红花港》《潜山血》《游击队》《前线的安徽,安徽的前线》《大江东去》等。那时,上海虽然沦为"孤岛",《新闻报》还不曾落入汉奸之手,信件可以由香港转,我就写了《水浒新传》,描写水浒人物和金人打仗,因为写了民族气节,很受上海读者的欢迎。

由于我对军事是外行,所以就想改变方法,写一些人民的生活问题,把那些间接有助于抗战的问题和那些直接间接有害于抗战的表现都写出来,但我觉得用平常的手法写小说,而又要替人民呼吁,那是不可能的事。因之,我使出了中国文人的老套,寓言十九,托之于梦,写了《八十一梦》,这部书是我在后方销数最多的一部。《八十一梦》还在延安流传,是我认为非常光荣的事。书里的梦,只有十几个,也没有八十一个,何以只写十几个呢？我在原书楔子里交代过,说是原稿泼了油,被耗子吃掉了。既是梦,就不嫌荒唐,我就放开手来,将神仙鬼物,一齐写在文里,讽喻重庆的现实。当时我住重庆远郊南温泉,特务对我注意起来,认为张恨水"赤化"了,因此检查我的来往书信。为了这部书,有人把我接到一个很好的居处,酒肉招待,最后他问我:是不是有意到贵州息烽一带(国民党军统特务监狱),去休息两年？于是《八十一梦》就此匆匆结束了。这一期间我写了《偶像》《牛马走》(又名《魍魉世界》)、《傲霜花》(原名《第二条路》),以及连载随笔《上下古今谈》,都是谈的社会现象,针砭当时的贪污腐败。我还写了《乡居杂记》《读史诗》等,其中有一首讽刺诗"日暮驰车三十里,夫人烫发入城来"之句,流传很广,各报颇有转载的。

一九四四年在重庆,当我五十岁生日时,承抗敌文协、新闻学会、《新民报》一些友好热心,为我祝贺,同时纪念我写作三十年。纪念会经我坚辞免开,但是几种报纸上还是发表了一些文章,对我慰勉有加,实深铭感。其中以《新华日报》潘梓年的一篇最有意义,题目是《精进不已》,他根据我在重庆时期写的文章,以为我有明确的立场——坚主抗战,坚主团结,坚主民主。他说明确的进步立场,是一个作家的基本条件,立场不进步的人,看不见或看不清现实,写出的东西也就对社会有害无益。他以我写的《上下古今谈》为例,希望我不断地精进不已,自强不息。

我当时在《新民报》上写了《总答谢》。

一九四五年毛主席到重庆,还蒙召见,对我的工作给予了肯定和鼓励,给我留下了深刻的印象,至今还牢记在心。

抗日胜利以后,各报纷纷复员,《新民报》社派我到北平任北平版经理,我和三四位同事一同从陆路动身,由重庆到贵阳、衡阳都是坐汽车,由衡阳到武昌坐铁棚子火车,没有火车头用汽车拉了火车走,可算今古奇观。一共走了三整天,到了汉口才乘船到南京,已是胜利后度第一个春节的时候了。我回到故乡,看望了我的母亲后,就匆匆北上了。我把路上见闻写了小说《一路福星》给《旅行杂志》。

这时,国民党政府向一千多人颁发了"抗战胜利勋章",其中也有我。

十三　回到了北平

我为了和陈铭德先生北上办《新民报》北平版,我以最大的牺牲,报答八年抗战的友谊,把《南京人报》让给张友鸾去办了。一九四六年春我回到了阔别已久的北平,邓季惺先生已把北平版的房子机器等安排好,我又邀请马彦祥、左笑鸿、于非闇等老友一起合作,旧友重逢,再度共事,是非常融洽的。不久北平版筹备就绪,就在这一年四月四日出版,开始印一万多份,不久增加到四万多份,很受北平读者欢迎,营业可以维持,不向总管理处要钱。我自编了副刊《北海》和《新民报画刊》，同时还写了几部长篇小说。

到了北平，我发现了一个问题，就是在抗战期间，在沦陷区有人冒我名出版小说，内容荒诞不经，黄色下流。我查了一查，这些伪书竟有四十多部，实在让我大大地吃了一惊，对我是个恶意的侮辱，我十分气愤，多次在报上发表声明，并向主管部门申诉，才查禁了一下，听说东北冒名的伪书尤其多。

在北平目睹耳闻不少接收人员的生活，社会上也有接收大员"五子登科"（房子、金子、女子、车子等）之说，我于是写了《五子登科》的小说。这一时期我还给《新民报》写了个长篇《巴山夜雨》的小说。又给上海《新闻报》写了个长篇《纸醉金迷》，这两部书都是以重庆为背景的，在别人看来，不知作何感想，至少我自己是作了一个深刻的纪念。这时的币制是一直紊乱，物价一直狂涨，对于国民党的金融政策，谁也不敢寄予丝毫的信用，自由职业者，就非常的痛苦，尤其是按字卖文的人，手足无所措。月初，约好了每千字的稿费，也许可以买两三斤米，到了下月初接到稿费的时候，半斤米都买不着了。在这种情形下，胜利后的两年间，我试一试卖文的生活，就戛然中止。《岁寒三友》《马后桃花》就是这样未完篇的。到了一九四七年，纸价已经贵得和布价相平了。我就又改变作法，多写中篇，如《雾中花》《人迹板桥霜》《开门雪尚飘》等，这一试验，还算可以维持下去。

因为我很不习惯报社的经理职务，一九四八年秋，陈铭德先生到北平，我向他辞去了报社的职务，专事写作，从此终止了我从事四十年的新闻生涯。

十四　解放后

　　一九四九年北平解放了,我和全国人民一样感到欢欣,但对党的政策也并不十分了解。这时我接到了一张请帖,到北京饭店参加宴会。会上叶剑英同志作了讲话,使我对党有了进一步的认识。同年夏,我忽然患脑溢血,瘫痪在床,丧失了工作能力,但是党和人民政府对我的生活仍无微不至地关怀。我被聘为文化部的顾问,还被邀请参加了全国第一次文代会和全国作家协会。以后我的病情渐渐好转,恢复了部分写作能力,我又应通俗文艺出版社、北京出版社、上海《新闻报》及香港《大公报》、中国新闻社之约,为读者写了根据民间传说改写的小说《梁山伯与祝英台》《白蛇传》《秋江》《孔雀东南飞》以及《记者外传》等。我为中国新闻社写了北京城郊的变化,为此特意一一去看了北京十三个城门附近的变化,当看到新建的平坦马路和一幢幢新楼房,马路边栽满了树木,我感到十分高兴。一九五二年写了一组《冬日竹枝词》,发表在香港《大公报》上。

　　一九五五年,我的身体逐渐复原,虽然行动尚不方便,还只身南下,看到了江南以及故乡的变化,兴奋不已,为香港《大公报》写了一篇三四万字的《南游杂志》。一九五六年从西北回来后我被邀为列席代表参加了全国政协第二届会议。政协经常组织我学习马列、学习党的政策,到各处观光,使我的思想和眼界都为之大开。我解放前写的《啼笑因缘》《八十一梦》等小说都得到了再版,这些几十年前的旧作,在党的关怀下,再度问世,使我感奋交加。

一九五九年我的病情又加重了,再次丧失了写作能力,周总理知道后,对我的生活和工作非常关心,不久我就被聘为中央文史馆馆员,我的生活有了保证,使我能够在晚年,尽力之所及作一点工作。

回顾我的五十年写作生涯,真是感慨系之。我这一生写许多小说,每日还经常编报,写文章、诗词,曾有人估计,我一生大约写了三千万言。有人问:你是如何坚持着没有搁笔的呢？记得我在《春明外史》的序上曾以江南崇明岛为例而写道:

> 舟出扬子江,至吴淞已有黄海相接,碧天隐隐中,有绿岸一线,横于江口者,是为崇明岛。岛长百五十里,宽三十里,人民城市,田园禽兽,其上无不具有,俨然一世外桃源也,然千百年前,初无此岛。盖江水挟泥沙以俱下,偶有所阻,积而为滩,滩能不为风水卷去,则日积月聚,一变为洲渚,再变为岛屿,降而至于今日,遂有此人民城市,田园禽兽,卓然江苏一大县治矣。夫泥沙之在江中,与水混合,奔流而下,其体积之细,目不能视,犹细于芥子十百倍也,乃时时积之,居然于浩浩荡荡、波浪滔天之江海交合处,成此大岛。是则渐之为功,真可惊可喜可俱之至矣。

我对自己写了这些书,也只有"成于渐"三个字好说。为了往往是先给报纸发表,所以敦促自己非每日写六七百字或上千字不可,因则养成了按时动笔的习惯,而且可以在乱哄哄的编辑部里埋头写小说,我就这样写了几十年。

  我作小说,没有其他的长处,就是不作淫声,也不作飞剑斩人头的事。当然距离党要求文艺工作者,深入工农兵,写工农兵生活,全心全意为人民服务的方针太远了。几年来在病中眼看着文艺界的蓬勃气象,只有欣羡。老骆驼因然赶不上飞机,但是也极愿作一个文艺界的老兵,达到沙漠彼岸草木茂盛的绿洲。

一九六三年

(原载《文史资料》1980 年第 70 期)